Christine Sauty

Princesse Kahina

La Jeanne d'Arc des Aurès

Godefroy de Bouillon

Dans la même collection
aux Editions Godefroy de Bouillon

Saint-Loup, *Le Roi blanc des Patagons*, 1996

Dessin de couverture
Henri Bordes

ISBN - 2-84191-027-X

Préface

Princesse Kahina

Les progrès du Front Islamique du Salut en Algérie et la prise du pouvoir par les fondamentalistes musulmans, qui paraît de jour en jour plus probable, étant donné la crise économique d'une part, de l'autre la faible résistance du F. L. N. qui n'a rien à opposer que la répression à une idéologie religieuse, font craindre une arabisation renforcée de tout le Maghreb, à plus ou moins longue échéance. Et l'on peut se demander combien de temps tiendront les régimes de la Tunisie et du Maroc face à la flambée islamique. Car islamisation égale arabisation. Islamisation et arabisation sont convergents, car l'Arabe est à la fois langue théologique et la langue juridique de l'Islam. Car l'Islam ne connaît pas la distinction des pouvoirs politique et spirituel, comme le Christianisme.

Le Coran ne distingue pas le « temporel » et le « spirituel ». La sacralisation du pouvoir n'est pas propre à l'Islam mais il la pousse plus loin que toute autre religion. Le Christianisme, par exemple, même à l'époque où l'Eglise sacrait les rois « très chrétiens », « très catholiques », a toujours distingué le pouvoir politique du pouvoir spirituel, a toujours reconnu l'autonomie du politique. Les rois et les empereurs chrétiens opposèrent sans faiblesse leur légitimité politique aux prétentions du pouvoir religieux. De là cette fameuse « lutte du Sacerdoce et de l'Empire » dont parle le Malet-Isaac. Une telle lutte a, jusqu'à maintenant, été inconcevable en pays musulman. Seul Kémal Ataturk s'y essaya ; mais c'était un athée, absolument rallié aux idées modernes. En Islam, le sacerdoce s'identifie à l'Empire (Jean-Claude Barreau - *De l'Islam en général et du monde moderne en particulier* - Prés aux Clercs). Et notez bien que je dis arabisation et non pas Arabes, car il n'est pas question ici de race, ni d'ethnie supérieure ou inférieure. Il s'agit d'un phénomène de civilisation : l'Islam véhicule l'arabisation parce que l'Islam parle arabe, mais les Arabes, en tant que peuple, et contrairement à la légende, ne sont que très peu nombreux dans ces entreprises. Les contemporains ne s'y sont pas trompés, qui ne parlent jamais d'Arabes, mais de Sarrasins (les Chargins venus d'Asie) ou d'Infidèles. C'est essentiellement une conquête idéologique, qui présente de nombreux points communs avec le Communisme lequel s'est appuyé sur le messianisme russe, mais continue sans lui depuis l'écroulement du communisme en Russie. L'Islam est un totalitarisme parce qu'il met la loi d'Allah au-dessus de tout, ce qui serait hautement respectable si Allah s'occupait effectivement des hommes qu'il a créés, et intégrait, comme le Dieu des Chrétiens, le passé dans le devenir de l'Histoire. Mais Allah ressemble beaucoup plus au Dieu des Hébreux qui, dans une certaine mesure, est un Dieu jaloux. « Tout ce qui précède l'Islam est refoulé dans les ténèbres de la « Djahillya », la barbarie des siècles anté-islamiques. « Avec la domination de l'Islam, l'Egypte, dont pourtant la population ancienne sombre dans le néant, et les mamelouks vont tirer au canon sur le visage du Sphinx de Gizeh. Ce n'est plus le même pays ; et pourtant la population est la même, les envahisseurs étant peu nombreux » (J.C. Barreau, ouvrage cité). Les mamelouks sont des Kurdes. De même Chaldée et Perse deviennent arabes de langue et de civilisation, en devenant musulmanes, comme l'Espagne, ou la Provence que vint ravager Charles Martel trois fois avant la bataille de Poitiers. Cependant il faut se souvenir que l'Afrique du Nord n'a pas toujours été arabe (*Les Arabes n'ont jamais dépassé la Lybie* - Pierre Fontaine), et ses populations, Berbères, Kabyles, de race atlanto-méditerranéenne, voisines des Basques, des Ibères, des Caucasiens et des Crétois, les constructeurs de mégalithes du néolithique, ont connu des heures de gloire même après l'apogée des peuples indo-européens. L'Antiquité romaine nomme ces peuples les Numides, parmi lesquels on comptait les Maurussiens du côté de l'Atlantique, près du détroit de Gibraltar, et les Massiliens, dont le roi Gaia - ou Gala - était sensé avoir été chargé par les dieux de fonder et d'unifier le grand royaume berbère.

Gaia avait un fils nommé Massinissa, âgé seulement de dix-huit ans, mais qui, dans une si grande jeunesse faisait déjà éclore des vertus dont on pouvait se promettre qu'il laisserait à ses descendants « un royaume plus étendu qu'il ne l'aurait reçu de ses pères », nous dit Charles Rollin dans le tome III de son *Histoire romaine.*

« De Massinissa le Numide qui fut au second siècle avant notre ère l'allié des Romains contre les Carthaginois d'Hannibal, Salluste pense évidemment le plus grand bien. Mais, dit-il, - « imperi vitae ejus finis idem fuit » - son pouvoir s'acheva avec sa vie, puisque son royaume fut partagé entre ses trois fils avant que Jugurtha ne s'en empare », écrit P.L. Doumenc dans *Rivarol* du 30 Novembre 1990. Quant à Jugurtha, Numide lui aussi, il était le fils de Massinissa, que son fils Manastabal avait eu d'une concubine : « Ce dernier avait des qualités excellentes, qui lui attirèrent une estime générale. Bien fait de sa personne, beau de visage, plein d'esprit et de sens, il ne donna point, comme c'est l'ordinaire des jeunes gens, dans le luxe et le plaisir. Il s'exerçait avec ceux de son âge à la course, à lancer le javelot, à monter à cheval. La chasse était son unique amusement, mais la chasse des lions et autres bêtes farouches. Supérieur en tout à ses compagnons, il savait s'en faire aimer, plus attentif à mériter les louanges qu'à les rechercher ; faisant beaucoup et parlant peu de lui-même », dit Charles Rollin traduisant Salluste.

Afin d'éloigner ce rival dangereux, on lui donna le commandement des troupes envoyées au secours des Romains, au siège de Numance, en Espagne, souhaitant que son intrépidité le pousserait à quelque action téméraire. On se trompait. Il acquit par sa sagesse et son courage l'admiration des Romains et le respect de ses ennemis.

« Jugurtha était libéral », poursuit Rollin, « et magnifique, avait des manières prévenantes, et possédait parfaitement l'art de s'insinuer dans les esprits, de sorte qu'il gagna le cœur d'un grand nombre de Romains, qui firent avec lui une liaison étroite et familière ».

Plus tard, la Numidie, convertie au Christianisme, devint le cœur de l'Empire. De ses sept cents évêchés fleurit du sein de Sainte Monique, le grand docteur Saint Augustin, authentique Berbère, l'une des lumières de la chrétienté, dont l'influence perdure jusqu'à nos jours.

Si vous êtes de passage à Albi, en face du portail ouvragé de la majesté de la cathédrale Sainte Cécile, vous accédez à un fouillis de rues moyenâgeuses au sein desquelles s'ouvre un petit restaurant appelé « La Kahina ». On y sert de l'authentique cuisine kabyle et voici ce que m'a conté en 1990, le propriétaire de ce sympathique établissement, véritable musée berbère regorgeant de photographies, de reproductions de portraits de la Kahina et de diverses productions de l'art du Maghreb.

Julie Tabet était une femme de la tribu juive de Djerrouas, surnommée «.La Kahina », et nommée reine de l'Ifriquia par tous les chefs berbères, lors de la lutte entreprise pour repousser l'invasion musulmane vers la fin du septième siècle.

Il faut dire que pour les musulmans, juifs et chrétiens sont une seule et même religion, ou plutôt, le Christ étant juif, ses disciples sont considérés comme étant une branche de la religion juive. Il est possible que, l'Afrique du Nord ayant été le théâtre de nombre de luttes religieuses entre juifs chrétiens, judéo-chrétiens, ébionites, marcionites, manichéens, nestoriens, docétiens, montanistes, arianistes, grégoriens, monophysites et j'en passe, certaines tribus aient conservé des rites d'origine juive tout en étant chrétiennes ou naturistes. Il y a encore chez les Kabyles musulmans des rites qui viennent du néo-lithique (Voir Jean Servier - *Les Portes de l'Année* - Robert Laffont).

Julie Tabet, la Jeanne d'Arc berbère, défraya la chronique africaine pendant onze siècles. Cette femme étonnante, dont la beauté égalait, dit-on, le savoir et l'audace, après la mort du roi berbère Koceila - qui était chrétien - tué devant Mems, réunit toutes les forces berbères et repoussa les attaques d'Hassan Ibn No'Man le Rhassinide. Elle fut victorieuse et fit reculer les troupes musulmanes jusqu'aux frontières tripolitaines. Elle régna pendant dix ou quinze ans. Elle vivait soit à Kairouan, soit dans un château montagnard de l'Aurès, qu'elle avait hérité de son père Tabet, fils d'Enfak, prince de la tribu Djerrouas.

Contrairement à la légende arabe qui veut qu'elle ait saccagé cette contrée splendide, suivant la tactique de la terre brûlée, pour décourager l'invasion de cet ancien grenier à blé de Rome, elle administra son pays, qu'elle aimait d'un amour passionné, avec autant d'autorité que de sagesse. Son rêve était de rendre à nouveau libre ce peuple assoiffé d'indépendance. On l'appelait la « Kahina », ce qui veut dire la prêtresse (de Cohen) à cause de sa piété (un autre sens de Kahina est prophétesse ou devineresse, ce qui montre l'emprise qu'elle eut sur un monde alors peu enclin à faire cas des femmes).

Julie Tabet, reine Dihya, mourut après un dernier combat. Elle avait lutté un an durant et cédait pied à pied le terrain, devant des forces supérieures en nombre, venues d'Asie. Elle tint en haleine six mois durant les superbes bataillons d'Hassan, arrivés frais harnachés d'Egypte, devant la cathédrale d'El Djem (ancien collège de Thydrass, encore conservé de nos jours). Elle succomba suite à une traîtrise de l'ennemi. Hassan fit trancher sa tête et l'envoya au Calife, comme une dépouille de choix. La légende veut qu'elle ait été enterrée à Tipasa, à l'ouest d'Alger, près de Cherchell, l'antique Césarée, où se trouve un monument appelé « le Tombeau de la Chrétienne », où les Kabyles veulent voir le Mausolée de leur héroïne. La Kahina étant morte, la résistance cessa, les berbères furent convertis à l'Islam. Ses fils eux-mêmes se convertirent et commandèrent dans les armées d'Hassan, massacrant les berbères infidèles. Quant à la Kahina, il est peu vraisemblable que son corps ait parcouru l'immense distance des Aurès à Cherchell pour y être enterrée. (NB)

La Kahina, ce nom, Christine Sauty de Chalon l'a donné à une histoire qu'elle a écrite pour la jeunesse mais qui est lisible par tous, tellement est-elle prenante. Elle retrace les aventures d'une petite jument arabe née dans l'Aurès, recueillie après maintes aventures par un officier français pendant la guerre d'Algérie. Son héroïne de blanche robe, Princesse Kahina, connaît ensuite en France l'amour d'un bel étalon de course, et, pour son glorieux maître, celui d'une châtelaine. Mais vous allez lire tout ça, maintenant, et vous m'en direz des nouvelles.

Hervé de Saint-Méen

N.B. - Il y a effectivement près de Cherchell, à Tipasa, un monument dit le Tombeau de la chrétienne. On l'appelle ainsi à cause de son embase en forme de croix. Ce serait en réalité le tombeau, si tombeau il y a, de Bacchus, vassal et protégé de Rome vers l'an 46 avant Jésus Christ. Il existe trois autres monuments semblables, un au nord de Batna sur la route de Constantine. On va le visiter en allant à Timgad c'était une ville romaine, construite pour loger des retraités de l'armée romaine, avec thermes, temples, cirque, gladiateurs, et servait de relais et de garantie pour l'anône, qui était un système de culture et de distribution des céréales dans tout l'empire sous la garde des légions. On appelle ce monument le tombeau de Juba II. Mais un autre tombeau de Juba II - dit le Médracène - se trouve à 80 Km de Batna. Un troisième tombeau de Juba II - qui semble avoir été souvent enseveli - est à Tiaret. Ces trois « tombeaux » supposés ne contenaient aucun corps à l'intérieur, ni cercueil ou sarcophage d'aucune sorte. Qu'on ait attribué à l'un de ces tombeaux le nom de la Kahina montre l'impact émotionnel de la Princesse dans l'esprit et les traditions des berbères et kabyles actuels.

Première partie

Chapitre 1

En pays Nementcha

"Je regardais et voici"
"parut un cheval blanc"
"celui qui le montait"
"avait un arc, une couronne"
"lui fut donnée et il partit"
"en vainqueur et pour vaincre"

Apocalypse Saint Jean Verset 6

Brusquement, vers midi, le vent se réveilla comme un seigneur trahi.

Maître du désert, son souffle brûlant vint effranger les sommités des dunes tandis qu'à l'horizon, si net dans l'azur, se levait d'un seul coup toute l'armée des sables.

Très vite une pluie siliceuse s'abattit sur les hommes qui ployaient déjà sous leurs fardeaux et Moussa dut, lui aussi, descendre sa capuche jusqu'aux yeux pour ne pas être aveuglé. Mais il fallait avancer coûte que coûte, braver la tempête de l'océan minéral, suivre une piste à peine visible qui conduisait vers l'abri des montagnes qu'on devinait là-bas comme la falaise d'un rivage, par delà l'étendue du grand Chott où l'oued s'était évanoui après la dernière crue.

Et ce furent de longues heures de lutte. Marche harassante jusqu'au soir, où, enfin, le vent tomba offrant sa paix. Les tourbillons vengeurs s'effondrèrent découvrant un énorme soleil qui sombrait et luisait tel le bouclier d'un géant. Au firmament tremblotèrent les premières étoiles ; commençait en contrebas la dépression, vaste croûte saumâtre et fendillée où de rares graminés poussaient en touffes ; alors le défilé de la gorge serait atteint avant la nuit, pensa Moussa mais il fallait se hâter et presser le pas des hommes. Ses ordres cinglèrent les dos courbés comme un fouet et lorsqu'ils atteignirent enfin la brêche qu'avaient taillée les eaux furieuses, la lune se levait.

Tous, se sachant désormais protégés entre des murailles, se prosternèrent face contre terre pour remercier Allah. Seul Moussa, leur chef, se releva promptement puis se mis à courir entre des blocs de pierres, les scrutant une à une de ses prunelles minces, fendues sous son front comme à la pointe du poignard.

- Yakoub?

Ce nom parut posséder un pouvoir magique.

Aussitôt des éboulements s'animèrent et un vieillard barbu en sortit. Un cheval le suivait dont la robe comme le vêtement de son maître se confondait avec le décor dans la pénombre.

Les deux hommes se reconnurent et après une brève accolade, regardèrent la lune pleine et neuve qui dépassait à peine la ligne des crêtes. Sa lumière affleurait maintenant le bivouac que les fuyards s'organisaient pour quelques heures ; à pas lents ils s'en approchèrent ; une fois là, Yakoub s'empressa autour de l'animal pour le libérer de ses fardeaux et ôter le bât. Le cheval aussitôt s'ébroua puis, d'un pas rapide, remonta le cours du torrent d'où il était venu jusqu'à un endroit précis dont il avait la mémoire. Une petite crique gardait encore un sable humide et fin ; il s'y roulait bientôt l'échine projetant avec délice grâce à ses crins une pluie délicieuse mais, très vite, le sel mordait à la blessure du harnais et l'animal se remit debout, saisi par la douleur. Il secoua longuement la tête pour la chasser puis, pris de lassitude, s'en revint vers les hommes.

Immobile, proche d'eux, le cheval écoutait la nuit. Depuis qu'il allait au désert, il en connaissait tous les bruits, son odorat et son ouïe s'étaient habitués à analyser le vent et ses senteurs et il tenait cet instinct de ses plus lointains ancêtres, les chevaux des Pharaons.

C'était une jolie pouliche.

Elle était née au nord de ces contrées sauvages, dans les écuries d'un palais. Son père avait été la fierté de son maître, riche et puissant Cadi en ville. Agmar el-Kébir, bel étalon arabo-syrien, s'était épris d'Aouda-Aziz, blanche beauté aux yeux d'antilope qu'il préféra aux autres juments de son harem. Kahina naquit un jour de printemps. De ses parents elle avait hérité une robe sans tache, de beaux yeux alanguis. Le maître Kabyle fit aussitôt tatouer à l'intérieur de sa cuisse gauche ce nom-là, en hommage à la grande reine des Djarrouas qui résista si bravement dans l'Aurès aux conquérants d'Omar. C'était rendre honneur à la beauté, au courage de cette princesse que de l'associer à la noblesse de ses chevaux. Il ignorait que le martyre sanglant de la Dihya serait aussi le sien. Un soir, oh combien terrible entre tous ! l'odeur douce des orangers prit une âcre senteur de feu. Les charmants détours, agréments de bosquets ne furent que ruines calcinées. Se turent à jamais les rires et les habillements des jets d'eau et les mélopées d'amour que chantaient les jeunes filles vives comme des sources au printemps au rythme des taridjas. La mort frappa d'abord le maître, sa femme, sa famille, ses dévoués serviteurs dont les sangs se mêlèrent dans les bassins devenus rouges. Le palais incendié, on vola les chevaux.

Ce jour-là, dans la foule qui criait et jetait des cailloux, les poulains affolés sautèrent cent murets et la Kahina perdue vint trouver refuge dans un troupeau de moutons qui, serrés, la protégèrent. Le pâtre la conduisit chez un vieil iman qui vivait dans une masure proche ; il s'éblouit de sa beauté, c'était un merveilleux présent d'Allah en remplacement de son ânon aveugle.

Le soir même Moussa se présenta pour réclamer son dû, il conta, une flamme cruelle dans les yeux, comment il avait ordonné le carnage. Yakoub dit qu'il était entré dans la Djihad depuis le ramadan, qu'il avait besoin de cette monture. Le sage qu'il était devenu avec l'âge, détaché des femmes et des biens ne revendiquait que celui-là. Sous la toiture basse de sa masure, qu'avait-il de commun avec les grands cheikhs ? Ceux-là reposaient sous le ventre de leurs coursiers, Yakoub n'était pas un conquérant du désert.

Il emmena sa pouliche dans les marchés où chacun le connaissait et le respectait. On écoutait ses conseils et il apprit vite comment Moussa et ses amis organisaient des willayas, tissaient à travers ce coin de l'Algérie une toile de réseaux meurtriers et secrets. A la nuit tombée venaient les fellaghas. Le plus sanguinaire de tous menait ses hommes avec dureté, ils mangeaient là jusqu'à une heure avancée de la nuit. La lampe à terre éclairait le visage de Yakoub, couleur de figue sèche, son front ridé, raviné, comme un relief d'Atlas se penchait gravement, l'ancien iman voulait participer à la guerre sainte et ses yeux jaunis retrouvaient une étincelle de jeunesse, une soif nouvelle de haine et de cruauté. Il se disait ermite, dévoué à Allah, à l'Islam, à son grand Prophète ; et c'est ainsi qu'il accepta de descendre jusqu'au désert afin de relier les caravanes, d'alimenter les cachettes où elles venaient entreposer leurs armes ; le moindre repli de cette région montagneuse, il le connaissait. Kahina grandit sur sa terre d'Afrique en suivant pas à pas de dangereux chemins. On quittait assez vite les champs d'oliviers et de vignes pour gagner les hauts plateaux ; elle y voyait se lever l'aurore et le vieil homme s'éblouissait de la blancheur de sa robe que rosissait l'aurore : « Toi, mon cheval, lui murmurait-il en évoquant ce poème du temps de la conquête, tu es beau comme le matin ». Yakoub revenait alors en ville, assis d'un côté sur sa petite jument. Tébessa bruissait, les jours de marché, d'une animation vive. Des camions chargés de soldats sillonnaient les rues où les femmes voilées s'écartaient et ses yeux jaunes s'allumaient ; il frappait du talon le flanc de Kahina, comme son âne jadis, puis l'attachait près de la Porte nord, ancien arc de triomphe de l'empereur Caracala. Après l'avoir conduite aux fontaines où bavardaient les femmes en remplissant leurs cruches, il la laissait flairer les marchandises étalées au sol et dans les paniers. Les appels des vendeurs dominaient le brouhaha d'une foule où se mêlaient Arabes et Européens qui allaient et venaient sous les palmiers puis on repartait vers les aridités du sud.

Mais la guerre meurtrissait la terre d'Afrique.

Les soldats de France se voyaient confrontés à un insaisissable ennemi, éparpillé dans le bled et les montagnes, guérilla de guet-apens où les opérations d'envergure se brisaient comme lame d'océan. Les rebelles restaient maîtres du terrain. Dans les vallées du sud où l'ermite descendait avec son cheval, il était impossible de le distinguer car il suivait la nuit des sentes invisibles, itinéraire qui le menait jusqu'à la willaya que commandait Moussa dans le Djebel Omk, et il évitait pour s'y rendre les bourgades, les barrages que défendait l'Armée. Il était fort difficile d'intercepter toutes les caravanes qui, franchissant la frontière de Tunisie, dans le désert, apportaient armes et munitions ; les hélicoptères survolaient bien sans relâche ces immenses étendues ; les gorges demeuraient pour la plupart impénétrables. Après deux bons jours de marche, Yakoub gagnait dans le Djebel une caverne assez élevée, d'un accès invisible, qui servait d'entrepôt. Il y amenait des vivres, en ramenait des grenades. De ce repaire se dispersaient les hommes à travers le pays algérien. Une fois revenu en ville, sur la place du marché, il discutait âprement, la main sur le cœur, les yeux allumés d'une vive lueur et discernait dans les visages à l'écoute de ses discours ceux qui bientôt le suivraient. Ceux-là s'attardaient à caresser les naseaux de sa jument ; et l'ermite-poète leur disait que Kahina était un cheval enchanté qui, tel celui de la légende, pouvait s'envoler d'un bond vers le royaume des étoiles.

Les Arabes s'éveillèrent bien avant l'aube.

Un vent pénétrant, venu cette fois du nord, s'était glissé en eux pour les troubler dans leur sommeil. Engourdis, les pieds enflés, douloureux, ils durent refermer leurs sacs. La température avait chuté de plusieurs degrés. Ils roulèrent leurs couvertures puis, les mains à terre effacèrent toute trace de vie.

La jument retrouva la morsure du harnais. Elle l'accueillit avec un profond soupir. Dans la clarté diffuse de la nuit pure au sein de cette nature sauvage, grandiose, elle eut pu s'étonner de la petitesse des hommes, de leur fragilité. Ceux-ci bravaient les ardeurs du jour, les froidures de la nuit, tandis qu'elle, fille des petits chevaux du désert, montrait résistance et agilité, préservée par ses sens subtils, son instinct ancestral.

Au fond de la gorge l'obscurité restait dense, la lune n'éclairait plus, exilée vers un autre point du ciel. Grâce à une certaine qualité de l'écho, les rebelles surent qu'ils suivaient la bonne piste. De hautes murailles encadraient le canon sculpté par l'érosion ; le vent y provoquait d'étranges résonances.

La caravane abandonna très vite ce passage naturel pour gravir la pente qu'une sente raide et pierreuse entamait ; des ponts rudimentaires enjambaient des cascades muettes. Avant le jour il fallait traverser le plateau qui s'étendait là-haut jusqu'à de nouvelles falaises, là se trouvait la caverne, le refuge, la sécurité. Le temps pressait.

La fatigue rendait les charges plus pesantes. Kahina s'infligeait rude effort à l'échine. Sous ses sabots, les cailloux roulaient avec un bruit d'avalanche. Trois longues heures ne suffirent pas à franchir l'immensité du plateau. Il fallut voir, avec regret, que les lointains avaient pris une transparence d'opale et l'aurore, comme une main de femme, éteignit une à une les étoiles puis étendit sur l'horizon ses multiples voiles. Le relief de la terre apparut, tout à coup, le soleil frisa la ligne des crêtes.

- Pas de repos pour boire ni manger dit Moussa d'une voix rauque.

La venue du jour le surprenait trop tôt. Harassés, ses compagnons accélérèrent pourtant. Seule Kahina s'immobilisa soudain. Peut-être que la plaie devenait trop pénible. Yakoub vit que l'encolure, en effet, saignait. Il déplaça les lanières, déserra les sangles, révisa le barda, caressa sa monture en l'exhortant d'une voix amicale. Il fallait reprendre la route mais elle s'y refusa. Yakoub finit par en jurer de colère ; mais un bruit lointain, pour lui inaudible, fit dresser les oreilles du petit cheval. Kahina ne pouvait en discerner l'origine, le vrombissement lui parvenait par vagues et commença par l'effrayer ; à pas rapides elle s'éloigna tandis qu'un hennissement sourd roulait en sa gorge pour prévenir les hommes ; elle flairait la terre inculte, tous les sens en éveil, puis trottant devant elle, s'écarta rapidement d'eux.

- Couchez-vous tous ! hurla Moussa livide.

Mais c'était là un ordre dérisoire.

Sur le plateau nu que rasait une lumière neuve, l'hélicoptère tournoya très vite comme un oiseau géant. Il cracha le feu en mille balles sifflantes qui firent éclater les pierres. A plat ventre, les fuyards ne bougeaient plus, pointant leurs mitrailleuses sur l'engin qui descendait sur eux ; Moussa donna l'ordre de tirer et des crépitements couvrirent ses vociférations. Bataille terrible, féroce, fulgurante et sans merci.

Nul n'échappa aux griffes du grand prédateur.

Abandonnant au désert, parmi la pierraille, les corps inertes, il se contenta d'emporter le butin que Yakoub venait d'ôter pour soulager son animal. Le front contre terre, comme s'il priait Allah, l'ermite mourut là avec tous les autres.

Affolée, Kahina avait bien vu l'ombre la cerner. La bête métallique martelait au-dessus d'elle et lui fit décrire dans un galop échevelé, un vaste cercle qui l'éloignait. Puis elle parut renoncer à la poursuivre et remontant droit dans le ciel disparut. L'étrange sauterelle avait brillé quelques temps d'un reflet de soleil. Quand le silence reprit tous ses droits, l'animal revint auprès de ses compagnons et sentit que la mort était passée par là. Maintenant un instinct impérieux lui commandait de quitter la terrible luminosité du plateau, de laisser le maître longuement flairé qui dormait dans une paix funèbre. Elle s'en alla d'un pas rapide, décidé, abandonnant l'allure pesante qu'elle avait eue pendant des mois pour trouver dans une sorte d'ivresse, un galop enlevé qui faisait ondoyer sa crinière. Nez au vent, elle humait les odeurs et l'atavisme des petits chevaux du désert, ses ancêtres, la guidait comme autrefois quand la harde s'en allait à la recherche des prairies où naissent les poulains sous l'œil hautain des étalons. Bientôt elle retrouvait l'ombre des rochers et plus haut encore, des touffes d'alfa qu'elle brouta pour apaiser sa faim. Puis elle gravit le versant brûlé de soleil d'où l'on voyait les vallonnements du désert s'estomper dans les halos d'air surchauffé. Là-bas les restes de Yakoub et de ses hommes se confondraient avec la pierraille. Plus loin, elle reconnut la sente qui longeait la muraille ; elle l'avait suivie maintes fois avec son maître ; telle une forteresse, la falaise se dressait au-dessus d'elle. Là, se situait le salut. Par une brèche qui formait comme un col, soufflait le vent sans relâche. Eole avait sculpté cette porte depuis l'enfance de la terre y semant des graines qui avaient germé et ce fut encore une manne que le cheval brouta. Les plus hauts sommets de l'Atlas se découvraient dans un panorama grandiose, des volutes de nuages embrasés couronnaient quelques uns. Partout, ici, flottait l'odeur de l'homme ; sa mémoire lui rappela qu'il fallait brusquement bifurquer, pénétrer dans la roche par une excavation discrète qui débouchait par un long couloir dans une salle assez haute de la caverne. Les lieux étaient vides. Un jour très ténu y entrait, mince cheminée qui permettait aux fellaghas d'allumer un feu. Le repaire contenait beaucoup d'armes ; des explosifs, des vivres, et de l'eau fraîche dans des outres. Kahina but dans le récipient où Yakoub versait sa ration, il en restait assez pour l'assouvir ; elle tenta d'asperger son garrot brûlant, de lécher son poitrail maculé par l'éraflure d'une balle perdue et soupira longuement avant de s'étendre de tout son long sur le sol comme un cheval qui se sent mourir. Des heures plus tard, ce fut le même vrombissement tragique qui la tira de son sommeil ; elle se remit debout et ses hennissements se répercutaient contre les parois de la grotte. Dehors, le jour tombait et les crépitements de l'engin s'estompèrent derrière les montagnes. La nuit proche commençait d'étendre son manteau bleuté, troué d'étoiles, l'air était tiède, odorant, et, comme la veille, la lune entamait sa montée. Bientôt, sous sa lumière, la terre ressemblerait à une beauté morte. En allongeant le cou pour atteindre quelques broussailles, la corde, dernier lien qui la reliait à son ancien maître, se relâcha et glissa par-dessus sa tête qui, en s'agitant, la fit tomber. Immobile alors, Kahina contempla le monde à ses pieds. Il était vaste et profond, fait de silence et d'ombre. Seuls les sommets du Djebel, teintés de rose, se voyaient peu à peu investis par l'obscurité qui s'élevait des vallées. Alors il y eut soudain, comme jaillies du fond d'un cratère, deux explosions qui, portées d'écho en écho, ébranlèrent les montagnes et vinrent heurter la paroi au-dessus d'elle.

Celle-ci répercuta une dernière fois le choc qui se perdit dans les immensités du désert.

Kahina sursauta, tourna plusieurs fois sur elle-même puis s'immobilisa face aux ravins profonds d'où était venue la clameur et qui, de nouveau refermés dans leur silence, s'enfonçaient lentement dans les ténèbres. D'un long hennissement qui fit vibrer son corps elle donna sa réponse à l'homme qu'elle devinait présent quelque part et dont l'appel brutal réveillait toutes ses forces vives. Oui, l'homme son maître, son compagnon, avait crié vers elle au moyen de sa bouche la plus puissante et la plus redoutable : le canon.

Chapitre 2

La rencontre

Le retour de la nuit fit renaître l'angoisse dans l'âme des soldats. La veille, au crépuscule, une dizaine d'entre eux était tombée dans une embuscade au cours d'une patrouille le long de l'oued Mechra. Cinq garçons ne se relevèrent pas.

Certes il ne fallait pas s'appesantir sur les disparus. Leur capitaine les avait décrits comme des héros afin de susciter force et courage chez ses hommes. L'officier, lui, savait cacher son désarroi intérieur car cette guerre, il la détestait.

Le lendemain du massacre, dès la fin du jour, le canon avait fait trembler la gorge. Répercuté par l'écho des montagnes, cette voix brutale mais loyale du combat avait été réconfortante ; puis l'aspect faussement paisible du Djebel s'était à nouveau imposé : silencieux, menaçant.

Le capitaine Schueller se retira tôt sous sa tente ce soir-là. Il voulait faire le point sur lui-même, être seul un moment. Comment lutter contre l'abattement qui l'envahissait de plus en plus souvent ? Comment ne pas céder à une sorte de lassitude une fois calmée la colère ? Il s'en trouvait presque épuisé physiquement.

Depuis des mois la guerre en Algérie sévissait cruellement. Une guérilla sans merci, jalonnée de carnages. Sans cesse, il fallait redresser les esprits abattus et l'issue du conflit reculait plus floue, plus insaisissable à mesure que les semaines s'égrenaient. Avant de venir dans cet avant-poste du désert, il s'était vu confié une tache plus humaine dans le bled du nord. Il avait réussi à redonner confiance aux populations. C'est ainsi que le jeune kabyle, Ali, menacé dans son village, était venu se réfugier chez lui et ne l'avait plus jamais quitté. Ses parents, sa famille avaient été décimés de la plus atroce façon. Le garçon, maintenant incorporé dans sa propre compagnie, le suivait comme son ombre. Grâce à Ali, certains appelés du contingent avaient compris le sens de leur combat. Mais ici, à la frange du Sahara, le F. L. N. menait un jeu dur, sans merci, aucune semence de paix ne germerait dans ces terres désolées, âpres, d'une beauté absolue.

Avant de pénétrer sous la bâche de sa tente, l'officier contempla longuement le jour finissant sur les crêtes empourprées. Dans son regard se lisait une certaine tristesse.

Rarement cédait-il à la rêverie. Le site alentour perdait de sa sauvagerie à cause des appareils militaires qui entouraient le camp : canons dont les fûts demeuraient pointés vers la gorge. Les sentinelles allaient et venaient. Sous leurs casques il évoqua des visages encore juvéniles. Combien parmi eux ne reverraient plus leurs parents, leurs fiancées ? Ce pays, d'une austère grandeur, n'avait pas la douceur de leur terre natale ; beaucoup n'étaient pas convaincus de la nécessité de la défendre.

Mais lui, au contraire, cédait chaque jour un peu plus à la magie du désert. Ces terres nues, brûlantes, ne ramènent-elles pas à l'essentiel ? Les déserts, en effet, virilisent les uns annihilent les autres. Certains quitteraient l'Afrique avec une révélation au fond du cœur. Semence spirituelle qui achèverait de croître dans la maturité. Pour d'autres, il fallait redouter tous les risques de la guerre et ces plantes déracinées restaient l'objet de son tourment constant.

La nuit descendait vite. Il entra sous sa tente et à la vue de sa table, de ses papiers épars, il se reprocha de laisser Aline sans nouvelles. Il avait écrit la veille à sa mère sans lui cacher son amertume ; il répugnait de décrire à la jeune fille telle faiblesse en lui.

- Ali ! Tu es là ? Ranime-voir la lampe, je n'y vois goutte ...

Le garçon aviva la flamme de l'acétylène où deux insectes bourdonnaient ; Schueller soupira devant les pages vierges.

- Il me faut terminer cette correspondance, confia-t-il d'un air bourru au jeune harki, après lui avoir souhaité bonsoir.

Des phrases calmes, sereines, aimables, vinrent enfin sous sa plume. Aline, aux traits fins, blonde comme un champ de Beauce avait des yeux pâles et doux comme le ciel de France. Tandis qu'il se réjouissait à dessiner son visage, il oubliait la nuit froide, limpide et pleine de menaces.

Le caporal Laurent, des Transmissions, sollicita la permission d'entrer. Le soldat salua et attendit de pouvoir parler.

- Eh bien, qu'y-a-t-il ?

- Mon capitaine, je viens de recevoir un message du colonel, il sera ici demain vers midi.

- C'est bon ... Je l'attendais.

Mais le jeune homme ne se retirait pas.

- Mon capitaine, j'en ai capté un autre quelques instants après, il m'a été envoyé des confins marocains, près du Djebel Tonzaît, le capitaine Launay a été tué ce matin sur la route, entre Magoura et El Aricha, alors qu'il revenait d'une mission spéciale à Sidi Aîssa.

Schueller ne détachait plus son regard des méandres de sa cigarette qui se consumait voluptueusement puis il l'écrasa très nerveusement.

- Je vous remercie ...

Une fois seul, il ne lutta plus. Etendu sur sa couche, les mains sur les yeux afin de cacher ses larmes, il pleura deux minutes. Il n'y avait pas de honte à regretter cette amitié perdue. Launay emportait ses plus chers souvenirs de jeunesse. Leur enfance commune à Strasbourg. Tous deux fils de magistrats, Launay plus âgé, fut chef de réseau. Après s'être évadé deux fois avec mille astuces, il avait rejoint la division Rhin & Danube pour libérer sa ville. Tous deux encore étant sortis brillamment de leur promotion à Saint-Cyr, heureux de servir sous le même idéal. Puis ils étaient entrés ensemble à l'Ecole de Cavalerie de Saumur. Que de bals et de soirées ! Bel homme, Launay séduisait. Puis il s'était marié avant de partir pour l'Extrême-Orient où il avait rapidement compris la nature différente, terrible, de la guerre. A présent, tout cela s'évanouissait dans les sables de Sidi Aîssa.

Jamais Ali ne vit semblable expression dans le regard de l'officier. Son visage crispé l'impressionna. Subtil, il y eut tout un monde de pensées contradictoires et douloureuses puis ils se sourirent tristement. Devinant qu'il avait rompu un moment de solitude où l'homme ne veut pas de témoin, Ali s'effaça et Schueller, de nouveau seul, ne put que fumer, l'esprit vide. Le visage d'Aline tout en douceur et couleurs tendres le fuyait désormais, effrayé peut-être par la violence de sa révolte intérieure. Celle qu'il désirait tant aimer n'avait soudain plus de consistance, dévorée par le soleil, la brutalité des jours. Les mots charmants de ses lettres ressemblaient à des hirondelles étrangères qui ne se posaient nulle part ; elles venaient d'une terre où peut-être il ne retournerait jamais. Il finirait ici, comme Claude, et c'était là le sort normal d'un soldat.

La portière soulevée, il vit le ciel étoilé où une lune limpide gagnait le firmament. Une brise fraîche apportait tous les parfums de la montagne. Comment songer à dormir ! La mort de son ami le retenait dans une agitation que toutes les autres morts récentes, autour de lui, amplifiaient encore. Est-ce que son amour pour Aline allait mourir aussi ? Avec mélancolie il contempla le cadre de sa vie dans le clair-obscur de la nuit ; son lit sans douceur, près de lui quelques ouvrages qu'il ne lisait jamais. Dans l'un d'eux qu'il feuilleta, une image de jeunesse, des années de catéchisme ; comment, diable, se trouvait-elle là ? Il y avait imprimé au verso un nom oublié, une année ... elle montrait curieusement des dunes de sable, infinies sur lesquelles brillait une grande croix lumineuse ... « Change, O Seigneur, notre destin. Comme torrents au Negueb ... Ceux qui sèment dans les larmes moissonneront dans l'allégresse ... »

Ces versets le firent sourire avec ironie. Il referma le livre ; incapable de se concentrer sur une lecture , et préféra s'éloigner. Le camp reposait, paisible, il s'efforça de déjouer toute surveillance. Il oubliait la nuit froide, limpide, pleine de menaces.

Puis, en quelques enjambées, il gagna, en contrebas, les éboulis où le ravin creusé par l'oued s'amincissait, l'endroit pouvait être dangereux ; la main à la ceinture, prêt à une rapide riposte, il traversa le couloir d'avalanche qui avait saigné la montagne. Là s'était formé un impressionnant chaos. Le défilé offrait aux rebelles une cachette idéale, la lune, cachée par l'abrupt versant, éclairait le fond de la gorge et il s'arrêta au bord de cette frontière lumineuse. S'aventurer plus loin, à découvert, eut été une entreprise trop risquée.

Dissimulé par un haut rocher, le silence intense de la nuit l'immobilisa. La surface des roches, près de lui, étincelait de mille feux. Son regard allait de cet infiniment petit à l'infiniment grand qui scintillait aussi. Il se souvint qu'avec Launay ils avaient contemplé les constellations de septembre entre les aiguilles de Chamonix. Les sommets effilés vers le ciel semblaient alors vibrer comme d'immenses orgues ... Au-dessus des glaciers livides, la même lune miroitait ... La vie les avait donc trahis. Le monde enchanté de leur jeunesse resterait finalement soumis au pouvoir de la haine ... Amère, sa rêverie creusait l'âme ; il s'y abandonnait impuissant, à la fois déchiré de mille regrets sur le sens de sa destinée sur ce qu'il avait cru être sa vocation. L'Armée ne signifiait plus rien ... Sa détresse devint telle qu'il cessa de penser. Le vide lunaire, sidéral, tombait sur lui et les radiations des étoiles lui semblèrent devenir sonores. Saisi par une étrange émotion, les remous de son âme s'apaisèrent comme soustrait à la pesanteur et devenir immatériel et léger. Soudain désirs et lassitudes s'éteignirent dans son être épuré, dépossédé. Il perdit toute notion du temps, de la lune qui glissait dans son déclin. Captif heureux, son regard errait sur la beauté tranquille du monde, comme à la recherche d'un autre regard qu'il sentait posé sur lui.

Seuls ses sens aiguisés par l'extrême sensibilité de

son âme le firent subitement tressaillir. Quelque chose, là-bas, avait rompu la fixité du décor. Ses yeux quittèrent rapidement leur cheminement céleste pour fouiller l'obscurité de la gorge. Haletant, sans mouvement, une onde de sueur le recouvrit tout entier tandis qu'il mettait le doigt sur le revolver. Mais rien ne se discernait sur la vaste étendue où l'oued, tel une déesse d'Orient, se divisait en vingt bras. Sec à présent comme un cratère de lune, sa lumière, en effet, le rendait blanchâtre. Le phénomène n'avait été qu'une illusion de son imagination enfiévrée. Il ferma les paupières et lorsqu'il les rouvrit une secousse l'ébranla. Au loin, sans aucun doute, une forme se mouvait dont il n'arrivait pas à définir la nature. Incapable de fuir ou de donner l'alarme, une crainte quasi-religieuse le clouait sur place. Le fantôme s'avançait et vint à franchir la frontière d'ombre, et il vit alors qu'il avait l'apparence d'un cheval. Sa robe laiteuse semblait issue des pierres. Il était vain de prétendre l'éviter. Sans dévier, il s'approchait de lui à pas lents et sûrs ... Le viser ? Annonçait-il un piège ? L'animal semblait impalpable, on ne tue pas les ombres.

Oui, on eut dit un cheval d'albâtre, un cheval d'Apocalypse, descendu du ciel. Blanc comme l'âme d'une vierge, se distinguait sur son poitrail une blessure sanglante : la meurtrissure des Temps. Avant de disparaître, dissous dans un rayon de lune, il délivrerait son message. Immobile soudain, l'étrange animal hocha plusieurs fois la tête comme indécis. Fallait-il deviner dans ces mouvements ce qu'il devait dire ? Ses grands yeux d'agate eurent alors un cillement de lassitude ; son corps fluide s'ébroua montrant des os qui saillaient, non, il s'agissait d'une bête bien réelle et vivante, égarée sans doute, peut-être qu'une ruse rebelle se préparait et

Schueller se ramassa sur lui-même. Au bout de longues minutes, l'animal reprit sa route, les oreilles pointées vers lui, avec un peu d'hésitation, il semblait situer l'homme qui se dissimulait pourtant. Le cheval contourna les rochers et se trouva tout proche, à l'écoute de la respiration qu'il percevait, face à face étonnant que l'officier rompit en tendant la main ; il la posa tremblante sur le velours brûlant. Les yeux ecarquillés, il n'entendait que les coups désordonnés de son cœur. Enfin, comme il était impossible de demeurer ainsi, il se glissa entre les rochers suivi par l'animal. Il lui sembla que son retour vers le camp durait une éternité. Chaque seconde, il craignait une attaque surprise. Une sentinelle le vit et courut vers lui, éberlué de le voir talonné par cette bête.

- Vite ouvrons cette tente, sergent, il faut cacher cet animal, sans doute égaré, ils voudront le récupérer à moins que ce soit une manière de jeter le trouble parmi nous ...

Schueller soupira lorsque la bâche fut retombée sur le cheval qui paraissait plus grand sous le plafond de toile. Dans la pénombre ses yeux luisaient doux et las.

- Diable ! mon capitaine, d'où l'avez-vous bien pu dénicher ? A cette heure ?

Une pointe d'angoisse altérait la voix sourde.

- Cette bête a soif, je le sens à son haleine, il faut la désaltérer pour qu'elle se tienne tranquille ... Je vais chercher moi-même un récipient et un jerricane, demeurez aux aguets.

Heureusement, l'entrepôt n'était guère loin ; la chose fut faite sans bruit, le cheval but à longs traits puis, reconnaissant, eut quelques vibrations caverneuses, conscient qu'il ne fallait pas rompre le silence.

- Qu'avez-vous ici de paille pour le nourrir ? fit l'officier nerveusement, j'aviserai dès demain matin, cela ne me paraît pas si simple, pour l'instant, attachons-le, si nous le laissions libre dehors peut-être ne s'éloignerait-il pas ... Je ne sais trop quoi penser de tout ceci ... Je ne peux faire plus pour le moment, je vais essayer de dormir un peu, sommeil porte conseil, silence sur cette affaire, restez ici jusqu'à ce que je vienne vous délivrer, soyez vigilants ...

Il se jeta tout habillé sur son lit et sombra aussitôt dans une torpeur lourde. Le soleil neuf du matin le tira brutalement d'un mauvais repos. Il vit ses papiers, ses lettres inachevées, et crut un instant avoir été le jouet d'un rêve. Le jour était plus avancé qu'il ne l'aurait souhaité. La visite du colonel, annoncée la veille, l'obligea à se préparer pour le recevoir. Dehors, il rassembla ses hommes, inspecta d'un rapide coup d'œil soldats et matériels. Tandis que le silence gagnait les rangs et que les garçons saluaient, le capitaine examinait les visages. Ceux qui parlaient, il les fit taire d'un geste.

- Nous n'avons pas trop lieu de nous réjouir, fit-il d'une voix forte, cette nuit un cheval est monté jusqu'ici, visiblement perdu ... D'où vient-il ? Où allait-il ? Il va falloir mener enquête. Un cheval ne vit pas seul dans le désert ...

Un certain silence suivit ces paroles.

Le capitaine fit signe à son lieutenant de venir à ses côtés ; ordre fut donné aux soldats de se préparer pour le passage du colonel.

- Mon capitaine, j'ai été, en effet, assez surpris de découvrir l'animal ce matin. Qu'allons-nous en faire ?

- Pour le moment, le garder. Ils voudront peut-être essayer de le récupérer.

Le lieutenant Dorget parut perplexe. Comme le soleil, haut déjà, commençait à brûler, les deux hommes se dirigèrent ensemble sous la bâche où l'animal se mit à hennir dès qu'ils furent entrés. Schueller, ému, considéra sans mot dire la petite jument maigre, au poil terne dont l'œil vif s'alluma au contact de la main qui palpait avec douceur ses narines et remontait, pleine d'amitié, le chanfrein jusqu'aux crins gris, entre les oreilles. Rêveur tout à coup, l'officier ne répondait rien aux propos du lieutenant et parut à peine s'apercevoir qu'Ali, son fidèle harki, venait de le rejoindre ainsi qu'il l'avait demandé.

Ali contempla la pouliche d'un regard pénétrant puis ses yeux brillèrent, il s'en approcha plein de respect, fit le tour de l'animal immobile, se décida à lui palper la croupe, les flancs, le poitrail blessé, il vit aussi la plaie du garrot, eut une moue de réprobation ; enfin il se baissa pour inspecter le ventre, l'intérieur du crasset où il lut le tatouage.

- Jolie ! Jolie, ma foi, s'écria-t-il plein d'admiration. Ces chevaux-là sont résistants comme des lions, rapides comme des gazelles, courageux aux combats, fidèles ... C'est une jument assez jeune, deux ans au plus ... De bonne race, et qui vient d'une écurie privée, de chez nous, car on l'a nommée « Kahina », reine des Kabyles, mon peuple ...

Sa voix tomba, brisée d'émotion. Il souleva l'antérieur droit, vit l'état lamentable de la sole du sabot meurtri par les pierres.

- Il faut soigner toutes ces plaies-là ajouta-t-il avec sérieux et fermeté, du ton digne d'un grand cheikh, soucieux de ses coursiers, je connais les remèdes, laissez-moi faire.

- Les blessures de cette pauvre bête nous racontent quelque chose dit Schueller à voix basse, dommage qu'elle ne puisse nous raconter son drame ... Il nous faudra le deviner. En attendant, je te l'abandonne, Ali, fais au mieux. J'ai donné ordre de lui apporter une de nos bottes de paille et de l'eau. Il faudra, bien sûr, trouver une solution assez rapidement sinon la malheureuse bête est vouée à une mort inexorable, oui, Kahina doit savoir des choses intéressantes ...

Les trois hommes se rencontrèrent alors du regard.

- Certes, fit Dorget gravement, nous n'avons rien de prévu ici pour la cavalerie ...

- Lieutenant, pas un mot au colonel de cette affaire. Jusqu'à plus ample information.

- Dans un tel pays, mon capitaine, les marchands n'ont pas coutume de descendre par là. Ce cheval se serait-il échappé d'une caravane ?

- Oui, cela se pourrait, mais quel genre de « caravane » ?

Le vrombissement rythmé d'un hélicoptère emplit l'azur tout à coup. Le sifflement particulier de ce moteur fit hennir aussitôt la jument, elle s'affola, ébranlant le piquet. La main d'Ali s'imposa sur sa bouche soudain écumante. Une fois dehors, les deux officiers s'empressèrent d'aller au-devant du colonel et de son aide-de-camp qui sortaient de l'engin tandis que le pilote arrêtait les hélices. Après les salutations d'usage, le capitaine convia son supérieur et l'état-major sous sa tente. Tous les soldats, impeccables, avaient fait la haie d'honneur.

Sous l'effet de la chaleur, la figure poupine du colonel Renaud transpirait et il s'essuyait le front d'une main grasse assez tremblante. Il considéra d'abord les papiers et les dossiers rangés sur la table et reprit son souffle avant de parler.

- Capitaine Schueller, fit-il un peu sèchement, votre dernier rapport sur la situation dans les Nernentcha n'est guère concluant ... beaucoup de pertes en hommes et en matériels ... munitions volées. Je n'ignore pas que les postes du sud sont difficiles. Cela fait combien ... quatre mois que vous êtes ici ? Vos renseignements ne nous font guère progresser.

De stature courte, l'apparence physique de ces deux hommes s'opposaient beaucoup. Le colonel Renaud avait fait aussi la campagne d'Indochine ; elle avait miné sa santé aussi sourdement que sa confiance. Ses critiques furent suivies d'un silence respectueux. Les traits hâlés, réguliers, creusés de rides nouvelles du capitaine gardaient une expression triste, s'y lisait un détachement noble, une pensée profonde. De son index bruni par l'excès de tabac, Schueller suivit sur la carte un périple de ravins et de crêtes, remontant le sillon des gorges.

- Si finement que soit tressé notre filet, mon colonel, l'ennemi s'y faufile nuit et jour.

- Voici quarante-huit heures à peine, reprit le colonel, le capitaine Noblet a mené une reconnaissance jusqu'au grand Chott Melrhir ; une caravane d'hommes empruntait une piste sur le plateau, en provenance de la frontière tunisienne. Il les a surpris au petit matin, sans doute avaient-ils un certain retard. Noblet eut préféré les faire tous prisonniers afin d'en savoir plus si tenté que cela soit possible mais les fellaghas étaient armés et ils ont tiré, la riposte fut sans rémission, vous vous en doutez, il y avait, paraît-il un cheval ce qui est peu courant ; l'Alouette est revenue sur les lieux mais

ne l'a pas retrouvé.
Ils ont pris un important butin d'armes et de munitions.

Schueller pâlit et serra les dents.

- Quelle conclusion tirer de tout ceci, mon colonel ? On n'a donc obtenu aucune indication sur la provenance de ces hommes ni sur la destination exacte de leur pérégrination ?

- Non, bien sûr, on ne peut interroger des cadavres.

Le colonel redressa son petit buste. Ses yeux gris démentaient la bonhomie de son allure.

- Il faudrait cadenasser cette région. Ils cherchent à atteindre la mine, évidemment. Votre mission reste d'intensifier les patrouilles, de demeurer maître des voies d'accès.

- Nous avons passé au crible beaucoup de recoins mais, sans doute, nos manœuvres sont-elles prévues et les cachettes fort bien choisies pour échapper à nos recherches, répondit Schueller d'une voix rauque. Il est probable qu'un nœud important du F .L. N. se situe près d'ici, ils ont plusieurs itinéraires et nous ne pouvons deviner celui qu'ils décident d'emprunter d'une fois sur l'autre.

Près de l'Alouette, les hélices soulevaient la poussière, un vent plus frais entourait l'appareil qui, prêt à décoller, empêchait de prolonger les adieux. L'Alouette s'éleva d'un soubresaut, presqu'à la verticale, rompant la sérénité lumineuse de midi. Il fallait se résigner, admettre que la nature de cette guerre frappait une nouvelle fois durement la France ; Schueller savait que le colonel redoutait l'échec, qu'il était au fond de lui-même désabusé.

Il était vain de s'appesantir sur les temps présents. Schueller ne voulait pas penser à une défaite possible, ni se laisser aller au démantèlement de lui-même.

Le soir venu, il termina son courrier. A sa mère ce fut une brève missive où ni ses réflexions ni sa rencontre étrange de la nuit précédente ne furent évoquées. Pourtant, mieux qu'Aline, elle eût pu comprendre. A la jeune fille il conta la perte de son ami. Ainsi la prévenait-il de ce qui pouvait lui arriver. Malgré ses phrases gaies, ironiques, sa grande tristesse affleurait.

Avant de prendre du repos, il se rendit auprès de Kahina. La pouliche semblait plus vive et fit bon accueil en le mordillant puis posant sa tête sur son épaule, elle soupira plusieurs fois. Il vit ses blessures pansées. Au fond de la tente, Ali ronflait déjà ; le jeune Kabyle ne s'était même pas aperçu de sa présence. Dans la pénombre Schueller réfléchissait, revivait les événements de la veille, sans se laisser envahir encore par quelque fantasme romantique, il pensait que l'animal avait été vu lors de la fusillade, sur le plateau. Ses blessures témoignaient qu'une longue souffrance avait entamé sa chair. Les chevaux ont bonne mémoire et revenu sur les lieux du drame, il n'y avait plus trouvé que des cadavres et s'était éloigné pour poursuivre seul sa route.

Mais quelle route ? Vers quel but ? Par quel chemin était-il arrivé au fond de la gorge où il avait surgi comme une apparition ?

Comme si l'animal devinait ses pensées, un souffle plus profond fit vibrer ses flancs ; Ali s'en réveilla et mit vivement la main sur son arme.

- Hola !

- Ali, c'est moi, écoute ...

Le garçon fut promptement debout, alluma sa lampe de poche et distingua la figure de son capitaine. Ce dernier avait toujours la main posée sur les naseaux d'une Kahina paisible qui lui cillait, confiante.

- Demain, j'ai besoin de toi ... et de toi seulement. Il me faut un turban, une djellaba, un burnous. Dépouille les prisonniers avant qu'ils ne partent. A la soupe du soir, viens à mon poste avec tout ça, je t'expliquerai ... en attendant, bonne nuit, dors tranquille, prends des forces.

Ali se recoucha très perplexe et son sommeil fut long à revenir. Il devinait qu'une certaine aventure se préparait à laquelle la présence de la petite jument serait sans doute mêlée. Une joie s'insinua en lui, le fit frémir, puis il ordonna, en sa langue, à sa monture de se calmer, de s'assoupir ...

Chapitre 3

Opération « Princesse »

Le capitaine Schueller avait d'abord souri lorsque cette idée lui était venue à l'esprit tandis qu'il caressait Kahina.

- Jolie princesse, lui avait-il murmuré dans l'ombre avec une modulation pleine d'amour, ne m'as tu pas ensorcelé ? Je ne pense plus qu'à toi et voudrais bien recevoir tes confidences ; m'aimerais-tu déjà ?

La prisonnière parlerait plus que les prisonniers.

Ceux-ci furent déshabillés et durent revêtir l'uniforme. L'habit français influencerait-il leurs âmes ?

Ce fut une longue et rude journée, en apparence calme, comme toujours. Le capitaine étudia l'opération qu'il envisageait de mener seul avec Ali. Cette reconnaissance faite, il faudrait agir pour protéger la mine, suivant les ordres qu'il avait reçus du colonel. Après le repas du soir, alors que les soldats vaquaient pour un peu de loisirs, le lieutenant Dorget vint comme il le lui avait demandé.

- Ecoutez, lieutenant, lui dit Schueller avec un demi-soupir, j'ai une idée que je vais tenter de réaliser cette nuit même. La pleine lune m'y aidera ; Ali et moi, nous allons ... suivre ce cheval ; c'est un pari que je fais sur les qualités d'un animal qui a bonne mémoire des lieux qu'il fréquente ; cette bête n'est pas venue par ici pour la première fois, elle a été vue sur les plateaux avec une escorte de rebelles, ses plaies disent qu'elle a porté des fardeaux. Cette pouliche est douce et intelligente et me témoigne sympathie. J'ignore l'étendue du risque que nous prenons tous les deux. Que rien ne bouge en mon absence qui sera la plus courte possible, veillez bien à la sécurité du camp toute la nuit et si je ne suis pas de retour d'ici demain soir, vous aviserez pour remonter l'oued vers le nord-est, jusque-là ...

Sur la carte dépliée, son doigt suivit l'étranglement avec certitude, puis, plus hésitant, se perdit sur les reliefs.

- Mon capitaine, je ne puis que vous souhaiter bonne chance ... Si vous tardez à reparaître nous irons patrouiller dans cette direction.

Le soir grandissant laissait présager une nuit pure, transparente. L'opération pouvait devenir une aventure périlleuse, ils allaient faire front, seuls. Ali apporta les vêtements qui étaient assez usagés et sales, le Kabyle était déjà coiffé de son turban et ceignit la tête de son capitaine. Plutôt brun et basané de teint, Schueller ressemblait à un Prince des Mille et une Nuits ; on eut dit Laurence d'Arabie. Sous la djellaba on attacha les ceintures de balles et les burnous dissimulèrent mitraillettes et revolvers. Ali avait rempli une besace et deux gourdes ; Schueller prit sa boussole et ses jumelles, une corde-filin. A la nuit close, Dorget et deux sentinelles les escortèrent jusqu'à la tente où Kahina venait de boire et manger un peu de paille, elle se mit à piaffer à la vue des deux hommes qu'elle renifla pour les reconnaître ; elle semblait avoir pressenti ce qu'on attendait d'elle et son œil s'alluma.

On descendit ainsi jusqu'aux éboulis, là où Schueller était resté longtemps à rêver, où sa « vision » lui était apparue. Là, ils se séparèrent en silence des deux soldats qui avaient reçu ordre de les couvrir aussi loin que l'on pourrait les voir. La lune éclairait de plein fouet et Schueller prit le devant, tenant la corde de sa monture, tandis qu'Ali suivait à l'arrière. Le silence semblait plein de menace autour d'eux et l'on n'entendait que leurs pas légers sur la pierraille du torrent desséché. La beauté du monde reposait sous le regard de Séléné. L'astre de nuit de sa clarté blanche donnait une ombre aux choses et très vite Dorget ne les distingua plus tant ils se confondaient merveilleusement, invisibles dans leurs camouflages.

La main de Schueller s'était posée, ferme, sur le trapèze du cheval dont le muscle roulait avec sûreté sous sa paume. Kahina avait retrouvé l'allure lente de Yakoub, le cavalier de la nuit, qui chevauchait si peu. L'ombre dense entre les parois et les rochers ne la troublaient pas, elle y voyait mieux que son nouveau maître qui semblait se laisser guider par elle. L'oued, plus haut, se rétrécissait encore davantage, Schueller le savait. Sans hésiter, le cheval se détourna du passage naturel et bifurqua sur sa droite à travers les blocs de pierres commençant à gravir une sente assez raide et caillouteuse. Derrière eux le camp disparut rapidement à mesure qu'ils s'élevaient. Comme les hommes sont petits sur la terre ! Kahina retrouva le passage dangereux qui enjambait la saignée d'une tranchée que le déferlement brutal de l'eau avait creusée. Un pont rudimentaire permettait le passage du ravin ; elle s'y engagea, légère, à pas mesurés et prudents. Sur l'autre bord, elle attendit ses compagnons. Schueller s'émerveilla de son patient dressage, on avait su inculquer au cheval, sûreté, endurance digne d'un mulet. Schueller n'en restait pas moins anxieux. Les deux hommes, muets, vivaient l'insolite aventure avec une intensité extrême. Ali regardait son capitaine et reconnaissait plus que jamais sous ses habits, un grand chef, honoré, estimé. Il se serait fait tuer pour lui et s'y préparait, en effet.

Sur le plateau, ils découvrirent le grand ciel étoilé, vaste jusqu'au désert. Au nord, l'Atlas fermait l'horizon.

- Il semble vraiment qu'il existe un chemin ...

La jument se dirigeait avec certitude, elle semblait vouloir atteindre les hautes barrières de montagnes. Maintes fois, avec ses hommes, il avait patrouillé dans cette désertique étendue où de maigres touffes de broussailles heurtaient les pieds ; et plus on avançait, plus l'endroit devenait superbe. Le Djebel Omk dominait de sa masse et la lune en ciselait le relief. Au loin, derrière eux, les immensités du Sahara se confondaient dans la nuit comme celle de l'océan. Ils atteignirent enfin l'approche d'un col élevé, brèche de la falaise que les vents avaient sculptée. La sente, là, y était tout aussi invisible. Il demeurait évident qu'une voie d'accès devait exister ; elle était dangereuse. Arc-boutée sur la pente, Kahina se hissait avec peine, à coups de reins. Un instant, elle s'affola, se sentant perdre l'équilibre ; derrière elle, comme le faisait Yakoub, Ali soutint sa croupe et des volées de pierrailles ruisselèrent. Après un puissant effort des jarrets, Kahina eut comme une croupade et, d'un sursaut, fit chanceler Ali qui roula quelques mètres plus bas. Malgré plusieurs tentatives, il apparut qu'il ne pouvait pas se relever.

- Aïe, aïe, Rhama ! Rhama ! gémit-il.

Il découvrit une cheville enflée que le sabot avait entamée, la plaie saignait.

- Le « sfiha » m'a fait tomber !

Coupant, le fer usé au sabot l'avait blessé. Schueller dut le hisser tant bien que mal jusqu'au faîte. Inquiète, Kahina les y attendait. Avec énergie, Ali se redressa.

La haute falaise dominait. Panorama grandiose qui ne les retint guère car la lune tournait mais Ali boitait, la marche devenait trop pénible pour lui.

- Assieds-toi ici, lui dit Schueller, autant que possible dissimule-toi, ne bouge pas. Je continue seul, ne t'inquiète de rien, fais le guet, si tu vois ou entends quelque chose, siffle trois fois ; tu te gardes à droite comme à gauche ... Si je suis trop loin pour t'entendre et que je ne revienne pas ...

Mais la nuit se montrait silencieuse et paisible. Kahina s'engagea le long du rocher abrupt que l'astre sur son déclin éclairait encore. La pente devenue plus douce, plus herbue, permettait une avancée moins lente. Il y avait là un chemin qui témoignait de la présence de l'homme. Au-dessus, se dressait la fière paroi de Sour-el-Rih, le rempart du vent ; forteresse naturelle dont l'ouverture dissimulée offrait un abri invisible. C'était là un site d'une âpre beauté. L'air tiède sentait bon. Schueller considéra le monde à ses pieds, le haut Djebel qui dominait au loin. Près de lui sa monture, immobile, semblait faire de même, et il la regarda rêveur : était-elle un cheval enchanté ? Cheval-héros qui s'envolerait du bord de la montagne comme celui du Grand Prophète, le fameux Al-Bolak, cheval vénéré de l'Islam ? Les yeux perdus sur l'horizon, il avait encore une fois oublié le danger de sa mission. La subite vision d'un mirifique palais aux coupoles d'or, surgi de son désir comme dans les contes de son enfance, l'eut à peine surpris. Avec ses habits, son coursier blanc, il se sentait la stature d'un personnage digne de Noustam. La magie de ses lectures d'autrefois le saisit tout à coup. Il avait rêvé de devenir un Prince et d'atteindre, après mille périls, la Princesse prisonnière en son palais et la voyait encore telle qu'elle était sur la gravure de son livre, étendue sur une peau de panthère, enveloppée de voiles. Etait-ce la belle Badroulboudour, reine du cœur d'Aladin ? Ou Dinarzade que gardaient d'impressionnants eunuques ...

Il se crut, en tout cas, être bel et bien Ali-Baba. Kahina s'était brutalement arrêtée devant une faille de la roche, ouverture de la caverne. Le rêve se muait en une dangereuse réalité. Aucun mot ne lui livrerait le secret du couloir obscur qu'il devinait dans la falaise. Il n'y avait ici ni bons génies à invoquer, ni lampe fabuleuse pour s'éclairer mais plus sûrement de redoutables janissaires prêts à pourfendre. Schueller ne formula qu'une courte prière avant de s'engager dans le passage. Il ne fallait plus rêver mais agir. Fermement, il ordonna au cheval de l'attendre en laissant pendre la corde qui lui servait de guide, puis, frôlant la paroi, il s'engagea dans la brèche qui s'élargissait avant de s'ouvrir sur une vaste salle intérieure. Là, il vit les lueurs d'un feu qui dansaient sur la roche en face de lui. Des murmures de voix lui parvenaient. Grâce à la clarté diffuse, il devina sur la muraille un passage en surplomb d'où il pourrait voir sans être vu. Avidement, en quelques secondes, il le décrypta de ses doigts, se hissant sans bruit sur une étroite plate-forme. Sa science de l'escalade ne lui faisait pas défaut. L'endroit était mince et il put voir d'en-haut un spectacle hors d'âge que n'eut pas désavoué Ali-Baba lui-même. Ils n'étaient pas quarante voleurs mais cinq qui se tenaient accroupis autour des braises où ils rôtissaient des morceaux de viande et une âcre fumée s'en dégageait. C'était bien là une « Katisba », leur repaire, et celui-ci contenait autre chose que des amphores ou des coffres à bijoux ! S'empilaient ici des caisses d'explosifs, grenades, tandis que des fusils, mitrailleuses en tous genres parsemaient le sol.

Il fut peut-être reparti aussi discrètement qu'il était venu si la vue de toutes ces armes prêtes à semer la mort ne l'avait retenu. Sans elles, il eut laissé ces hommes ripailler durant une nuit de ramadan. Mais une telle semence ne demandait qu'à se répandre et ne resterait pas enfouie sans produire des fruits empoisonnés. De sa ceinture il sortit une bombe lacrymogène qui rendrait l'air irrespirable et les obligerait à sortir ; quant à lui, il devrait au mieux protéger sa retraite.

La surprise, la panique, firent d'abord se redresser les hommes qui se mirent à tousser tandis qu'ils ne pouvaient s'emparer de leurs armes aussi vite qu'ils l'auraient voulu. Ils ne tardèrent pas à suffoquer ; Schueller les vit s'agiter mais comme il ne pouvait pas s'empêcher lui-même d'être asphyxié, ils entendirent sa respiration haletante. Une balle crépita sur la roche au-dessus de lui, elle ricocha et vint lui traverser l'épaule. Les Arabes s'étonnaient de ne rien voir venir et sortirent enfin pour découvrir encore plus désemparés la monture de Yakoub qui se trouvait proche. Afin d'élucider l'étrangeté de cette attaque, l'un d'eux revint sur ses pas et comme les courants d'air avaient dissipé les fumées, il crut distinguer comme une silhouette familière :

- Yakoub !! Mais qu'est-ce qui te prend ! hurla-t-il d'une voix rauque en sa langue.

Pour toute réponse, Schueller lui asséna un coup de crosse sur la tête qui le fit choir sans connaissance. Il fallait faire vite sinon les autres allaient revenir aussi.

Rapidement, il ajusta son filin à une caisse, la pénombre que dispensait le feu mourant suffisait à peine pour distinguer autour de lui. Il laissa, enroulées, quelques longueurs à ce filin avant d'en déposer le bout sur les braises rougeoyantes. Ainsi penché, il ne pouvait voir que l'homme s'était relevé et ce fut le faible bruit de sa respiration qui l'avisa de sa présence derrière lui.

Malgré la douleur de son épaule, il fut debout d'une seule détente, juste à temps pour éviter la lame d'acier qui se dressait au-dessus de lui, visible grâce aux derniers reflets du foyer. Il y eut un corps-à-corps terrible. Grâce à une figure classique de judo, l'officier parvint à écarter le bras meurtrier, à le bloquer pendant quelques secondes qui lui parurent une éternité. Mais épuisé par la souffrance de tout son bras, celui-ci céda et le poignard parvint malgré l'ampleur du vêtement à taillader sa chair à travers l'étoffe. Si celle-ci l'avait protégé, à présent, dans la lutte, elle le gênait. L'homme réussit à le mettre sur le dos et son visage tordu de haine soufflait son haleine brûlante sur le sien. Réduit à rien, un genou sur l'estomac, Schueller vit en un éclair sa dernière heure arriver. A cet instant, un coup de fusil sec crépita et l'homme qui l'étouffait s'écroula sur lui.

- Mon capitaine, vite, ils sont derrière moi ...

Claudiquant, Ali le poussa dehors. Il avait eu le temps d'apercevoir le filin qui se consumait vite et ne leur laissait que peu de temps pour sortir de l'antre maudit. Ils enjambèrent le cadavre et atteignirent l'orifice de la caverne où l'aube ténue bleuissait la nuit.

En contrebas de la pente pierreuse, ils aperçurent en effet les Arabes qui s'étaient emparé de Kahina et tentaient de la faire remonter ces éboulis dangereux. De loin, Schueller et Ali les en dissuadaient par de grands gestes qui les surprirent ; ils crurent que ces deux hommes étaient des leurs, et décidèrent de lâcher l'animal pour se retourner vers eux. Pourtant, ils ne tardèrent pas à les voir s'éloigner rapidement, l'un boitant, mais soutenant tout de même son compagnon comme il pouvait.

- Les voilà qui s'en reviennent à la caverne ! s'exclama Ali, dépêchons-nous avant qu'ils ne voient le filin ...

- Hélas ! Mon pauvre, ils n'en auront pas le temps et seront faits là-dedans comme des rats ...

Ils entamèrent tous deux une descente fabuleuse.

Jamais Schueller, de mémoire d'un montagnard, n'avait tenté pareille dévalade, plus enlacé à son camarde qu'avec une corde.

C'était l'Apocalypse en ces terres silencieuses. Un volcan venait de naître, projetant des blocs et une pluie de cailloux, avalanches grondantes où se mêlaient des détonations sans fin tandis qu'une âcre odeur chassait la fraîcheur du petit matin. Longtemps, le sable ruissela autour d'eux avec un bruit d'océan et les secondes s'étirèrent comme des heures.

Enfin la transparence de l'aurore ramena la paix, une paix funèbre, lourde. Redressant la tête, ils purent voir qu'une fumée noire montait encore par une brèche neuve de la roche, en volutes aux ourlets cuivrés. Vulcain avait détruit sa forge. La muraille de Sour-el-Rih se montrait fendue, béante, et tous deux se regardèrent sans un mot.

S'ils avaient accompli leur tâche, il restait maintenant à revenir au camp. D'autres dangers les menaceraient encore et ils étaient harassés, au bord de l'épuisement.

Alors Schueller tout comme Ali se mit à explorer le décor. Ils scrutèrent partout à la ronde. Qu'était devenue la petite jument ? Les explosions avaient dû la saisir de terreur. Dans cette nature ingrate, elle n'avait pu galoper bien loin ... Peut-être avait-elle été blessée elle aussi ...

Cette pensée les accabla. Schueller en éprouva une véritable détresse. Enfin, il mit ses mains en porte-voix et rassemblant ses forces, il interrogea les montagnes :

- Kahina !!! Kahina !!! hurla-t-il.

L'écho lui renvoya son nom et le silence tomba de nouveau.

Soudain, au-dessus d'eux un hennissement vibrant retentit, hennissement que les falaises répercutèrent comme un défi, une promesse de vie et de salut. Elle se tenait là-bas sous le soleil naissant qui l'auréolait comme une image mythique. Juste au col où il s'était arrêté pendant la nuit, presqu'au terme de leur épopée.

Un vent léger, venu du nord, les aidait à supporter les premiers rayons torrides. Ils grimpèrent à la hâte vers elle, les mains tendues, Schueller croyait presqu'encore être victime d'un rêve et il se laissa choir contre son encolure au bord de l'évanouissement.

Enfin, Ali le souleva, l'aida à se hisser et à s'asseoir sur ses reins. De ses deux bras, Schueller entoura le cou de sa petite jument, enfouissant son visage dans les crins.

Ainsi, ils revinrent lentement ; le désert se nimbait au loin. Des halos de chaleur troublaient la dureté des roches mais Schueller ne regardait rien. Sa sueur et son sang tachaient la robe de Kahina ; son burnous maculé, déchiré, pendait autour de lui et son turban s'était enfoncé sur ses tempes.

L'étrange trio finit par atteindre le rétrécissement de la gorge et Dorget les devina grâce à ses jumelles, taches mouvantes dans la pierraille, ils semblaient sains et saufs. Le lieutenant en eut comme un petit cri de joie car il n'y croyait plus depuis cette terrible explosion de la nuit qui les avait tous tenus en haleine pendant des heures.

- Mon Dieu ... Mon capitaine ..., bredouilla-t-il lorsque ce dernier se redressa un peu hagard, hébété car il avait perdu beaucoup de sang.

- ... Je suis bien content de vous voir, ajoutait-il simplement.

Schueller hocha la tête, s'appuya encore sur l'épaule d'Ali pour mettre pied à terre, les deux hommes s'étreignirent muettement, un instant.

- Etes-vous satisfait ? demandait encore Dorget avec un peu d'inquiétude.

Schueller fut lent à répondre puis il se laissa choir sur un siège et Dorget vit les déchirures et le sang.

- Oui, mission accomplie, c'est vrai, soupira l'officier, peut-on le dire ! ... Quel trou ! Je n'en ai jamais vu de pareil ! Bien sûr, vous avez dû tout entendre ...

- Nous avons d'abord pensé à la mine, mais aucune nouvelle radio ... J'attendais suivant vos ordres pour intervenir.

- Des trous comme celui-là, combien y en a-t-il ? Des centaines j'imagine ...

Schueller regarda ses soldats autour de lui :

- Sour-el-Rih, « le rempart du vent », n'est plus

qu'une faille fumante ..., leur dit-il gravement.

Les jeunes gens n'osaient trop demander des détails tandis que l'infirmier nettoyait les plaies ; tous restaient silencieux.

- Nous allons continuer, reprit-il c'est notre devoir urgent pour le moment.

A la nuit tombante, avant de prendre du repos, il retrouva Ali sous sa tente et tous deux, muettement, s'étreignirent encore.

- Et comment se porte notre Princesse ?

Kahina mâchait longuement de la paille.

- Comme tu vois ... au mieux ici, mais je ne sais comment cela va pouvoir durer ...

Schueller caressa les nasaux brûlants.

- Quelle aventure, ma belle ! Tout cela se montrait périlleux, incertain, je n'y croyais guère vraiment. A présent, il me faut m'occuper de toi. Te mettre à l'abri de tous ces dangers, t'écarter à jamais des sentiers de la mort ; j'en fais le vœux. Comment y parviendrais-je ? Je ne le sais pas encore mais il y a certainement un bon génie qui me viendra en aide, celui qui veille sur ta destinée.

La lune montait au ciel pur, serein. Sa clarté dessinerait bientôt la cime des crêtes, éclairerait les lacets des sentiers perdus au pied des falaises ...

- Allons ! ne rêvons plus tous deux ; ceci est une aventure que je garderai en mémoire longtemps ... toujours. Une autre vie t'attend, j'en suis sûr, et elle sera digne de toi, de ta beauté, de ta jeunesse, « Princesse Kahina » !

Chapitre 4

Le départ

De sa main disponible, le capitaine déplia la carte sur la table.

- Sérieux ? s'informait le lieutenant devant l'ampleur du pansement.

- Non, simple éraflure sans gravité.

L'infirmier avait fortement nettoyé la blessure des chairs tailladées, recousu le trou à l'épaule après en avoir extrait la balle.

- Il faudra remonter le cours de l'oued Halaïl, continua l'officier avec une crispation de douleur dès qu'il remuait un peu. Il faudra nous attendre à des représailles, ils auront peur que Youssef parle enfin, nul doute que le Djebel Omk offre bien d'autres repaires, d'autres cachettes et les fellaghas sont maîtres ici, il faut les intimider par l'intelligence que nous avons de leurs méthodes, si la guérilla n'est pas la guerre, il est obligatoire de faire comme eux, parfois, comme l'exige le terrain, ajouta-t-il avec une moue sceptique.

- Aux confins sahariens j'irai donc survoler la région des ergs, poursuivit Schueller dont le doigt soulignait un vaste champ d'action, les zones désertiques s'intensifiaient en couleur à mesure que s'élevait le relief, depuis le Chott El Rharsa jusqu'à l'oued Selledje. Les frontières algéro-tunisiennes sont difficiles à préciser, répéta-t-il de ce même ton désabusé qui fut celui du colonel.

Au matin, un train de camions était venu apporter vivres et munitions. Les pneus avaient creusé de profonds sillons. Une fois son plan d'action établi, Schueller rédigea le compte-rendu de son opération qu'il prénommait « Princesse », à cause de son petit cheval perdu. « ... Comment vais-je la nourrir ? Dans ce camp ? » s'interrogeait-il tout en écrivant, il faudrait profiter du prochain convoi pour acheminer l'animal vers le nord, mais pour qui ? Cette pauvre et innocente victime de la cruauté des hommes, de leur misérable obstination à s'entretuer, à se détruire haineusement le révoltait comme le symbole vivant de l'injustice. Certes, le souvenir de son apparition insolite dans la magie lunaire resterait indélébile.

Claudiquant plus que jamais, Ali, qui avait encore amoureusement brossée, nourrie, abreuvée Kahina, lui montra plein d'inquiétude devant sa robe terne, d'un blanc sale, où les os saillaient. Ses blessures risquaient l'infection.

- Il n'y a plus pour toi d'aventure, ma belle, je te l'ai dit, ce désert, je sais, peut-être l'aimes-tu autant que moi ..., soupira l'officier.

Ali riait de cet étrange dialogue mais Kahina semblait le comprendre.

- Mon capitaine, il faut lui trouver un autre maître, loin d'ici, mais moi, je ne voudrais pas la quitter.

Quel nouveau maître lui trouver ? Y aurait-il vraiment une Providence pour un cheval ? Interrogation sans réponse que s'était posée son grand-père, un jour, devant lui. Officier de cavalerie, suivant la tradition familiale, la passion des chevaux ne l'avait jamais quitté. Il s'était fait peindre en uniforme sur un beau pommelé gris qui rehaussait la majesté du hussard en brandebourg ; ah ! ses ancêtres rougiraient de ces profonds abîmes de doute en lui. Le monde d'alors ignorait les controverses, la vérité contredite, les « pour » et les « contre » démobilisateurs.

- Oui, il y aura une Providence pour toi, Kahina, s'entendit-il dire tout haut, malgré lui.

Et la pouliche, pour jouer, tenta de lui arracher ses boutons, découvrant une belle dentition prometteuse de santé. Son gentil caractère le plongeait dans une rêverie sans fin, il la voyait gambadant dans l'herbe verte, odorante ; galopant, libre, à travers des forêts où il se livrerait avec bonheur au plaisir de flâner. Sa robe lustrée, bien pansée, les crins démêlés, elle ferait une gentille monture de promenade avec des harnais brodés comme leur en mettent les grands cheikhs arabes, les jours de parade. Vision qui très vite s'évanouit sous la lumière crue d'un jour éclatant. Il n'y avait pas d'ombre, à cette heure, sur ce monde hostile. Il avait fait toutes sortes de rêves bizarres au cours de son sommeil, bien peu cohérents et il se souvint pourtant qu'il s'était vu ainsi, chevauchant Kahina, par bonds légers, sautant longuement, comme en ralenti, des obstacles ; soustraits à la pesanteur, puis tout s'était évanoui au bord d'un gouffre sans fond. Il s'était réveillé brutalement, en sueur, en proie à la fièvre.

Le caporal Chabanne était un jeune homme inquiet. Depuis son affectation dans le contingent, à cet avant-poste du désert, il présentait une fragilité nerveuse, visiblement il ne se plaisait guère ici, Schueller s'était déjà aperçu qu'il ne s'habituait pas.

Cette jeune plante déracinée s'étiolait sur un sol sablonneux, soulevé par la guerre. Il voulait converser ; voyait que son capitaine ne paraissait pas en si bonne santé ; Schueller souffrait de violentes migraines et gardait une température élevée.

- Mon capitaine, comment êtes-vous ce matin ?

- De mieux en mieux, rassurez-vous.

- Que comptez-vous faire de votre petit cheval ?

- Ne pas le rendre au désert. Cette fois, il y mourrait de faim et de soif, peut-être trouverais-je une solution, j'y songe, voyez-vous, parmi d'autres soucis.

- Dans ma dernière lettre, j'en ai parlé à ma fiancée. Je lui ai décrit notre mascotte, que celle-ci nous causait pas mal de tracas pour sa nourriture et sa protection.

- Vous aimez les chevaux ?

- Certes, ma future femme est la fille d'un vétérinaire qui est souvent appelé dans un grand domaine, une belle exploitation où l'on commence à élever des chevaux de course. Elle travaille là, en m'attendant, comme secrétaire. Ce haras est un endroit magnifique, c'est une région superbe, il y a beaucoup de prés verdoyants, de vignobles, de bois.

Visiblement, le jeune soldat souffrait de nostalgie.

- Je compte acheminer cette bête au plus vite vers le nord, dit Schueller, j'ai avisé la caserne, à Tébessa, pour la recevoir.

- Et ensuite, mon capitaine ?

- Il me faudra bien trouver, comme vous dites, un propriétaire, un grand domaine ...

La figure du caporal Chabanne s'éclaira soudain.

- Et si, mon capitaine, vous écriviez là, grâce à ma fiancée ? Je vais tout de suite lui en parler, lui demander qu'elle en parle à la personne qui l'emploie ; c'est une femme charmante, paraît-il.

- Je vois votre idée mais il est peu probable qu'un spécimen lointain, en assez piteux état, d'une origine sans doute bonne mais pas exceptionnelle puisse intéresser le milieu des courses ... Mais revenez me voir ce soir, nous en reparlerons.

A la nuit close, le jeune homme était là.

- Voici, mon capitaine, l'adresse où vous pouvez écrire.

- Ecrire à qui, dites vous ?

Peu convaincu, il prit le papier. A la lumière faible de sa lampe, il put lire le nom d'une noble dame vivant en Périgord, dans un château. Elle se disait propriétaire-éleveur. Son nom, son titre, son adresse, résonnait comme un délicieux mirage. Ici, aux confins de ces terres ingrates, cette châtelaine semblait une idée fantasmagorique et elle ne devait être, en réalité, que l'une de ces femmes riches, très gâtées, aux caprices coûteux, pour lesquelles, a priori, il ne ressentait guère de sympathie. Mais il fallait tout tenter pour Kahina. L'on devait mener grand train dans cette demeure ... Sa lettre y ferait une certaine impression, pensait-il, en s'asseyant devant la page. Que dire ? Les phrases lui vinrent très simples pour décrire la beauté de Kahina. N'avait-elle pas été promise, comme favorite dans le harem d'un riche sultan ? Il décrivit, d'imagination, son écurie natale comme s'il l'avait vue. « ... d'une grâce racée, elle a les attaches fines, l'œil alangui d'une houri ... » Voilà qui ferait un certain effet, se dit-il, en paraphant sa lettre de sa signature. « On verra bien ... » Il ne pouvait compter que sur le lien que tisse entre les êtres une communauté de passion ; et ses accents poétiques pour décrire la vie de la petite jument, réduite à l'esclavage et aux mauvais traitements, traduisaient malgré lui sa vie austère de combattant. Il était vain, pensait-il encore, d'avoir une certaine influence sur une telle personne, pour inciter la dame à prier son mari de lui consentir une fantaisie de cette envergure, il fallait offrir autre chose, il la dissuaderait devant le coût et la difficulté de l'entreprise.

Conformément à ses plans, les opérations de patrouille se heurtèrent à de violentes résistances. Une semaine de durs affrontements suivit la convalescence de l'officier. Les confins de l'Aurès furent explorés de tous côtés. Il y eut d'autres prisonniers que Youssef parmi les Chouïa ; les Berbères, cependant, n'étaient pas tous ligués contre la France. Ceux-là, les harkis, anciens tirailleurs algériens, se montraient d'excellents soldats. De Biskra où la surveillance de l'oléoduc concentrait les troupes, lui vinrent les compliments de son colonel. Mais pour combien de temps encore ? Schueller ne voulait trop y songer.

Ali n'avait pu participer à toutes ces batailles ; sa cheville très enflée prenait mauvaise allure, en fait la gangrène s'y mettait. L'infirmier n'osait se prononcer mais il fallait d'urgence, l'écarter des lignes et le faire soigner dans un hôpital.

- Mon capitaine, c'est toi ! s'écria-t-il un matin à la vue de Schueller qui venait s'asseoir à son chevet. Les yeux creux du Kabyle s'animèrent, ils les avait minces et dorés.

- Ta jambe, ton pied ?

- C'est rien, j'y pense pas, mais Kahina ? J'me tourmente, elle est maigre ... As-tu réponse pour elle ?

Schueller eut un sourire à la fois triste et heureux.

- Oui, au-delà même de ce que j'espérais ; écoute, je vais te lire.

Le courrier lui avait apporté enfin une lettre ce matin-là. A peine s'il l'espérait encore ; une écriture ferme, pointue, ample, occupait toute la page d'un fin papier où l'adresse d'un château en Périgord, imprimée dans un coin, citait le domaine de Cheaulnes par Salignac ; cela ressemblait à un air de musique lointain, oublié. Ali entendit combien l'on remerciait, avec une joie sincère, l'Armée française dans son épreuve, combien on la félicitait de son courage exemplaire. Depuis longtemps la dame convoitait de posséder un authentique cheval arabe, de robe blanche, point trop grand, pour le seul bonheur de ses promenades ! Elle avait fait déjà le nécessaire auprès des services de l'Armée, à Tébessa, et se chargeait de tous les frais bien entendu. Ordre avait été donné, par même courrier, d'acheminer l'animal vers le nord. Cette dame devait avoir de bien puissantes relations ! Elle demandait, en outre, la valeur vénale de la pouliche afin de s'acquitter totalement de l'achat. Un prix ! Voilà bien les riches, pensa Schueller, ils pensent que tout s'achète. Qu'elle accepte déjà de l'adopter !

- Donc, Ali, tu pars. C'est toi que j'ai nommé pour accompagner ce convoi. A la caserne, il te faudra seulement la laisser quelques jours pour te faire soigner cette mauvaise affaire de cheville. Sitôt fait, tu t'envoleras avec la princesse de tes rêves jusqu'à son nouveau palais. Ce sera ta nouvelle mission .

Si seulement on pouvait ainsi sauver d'autres hommes !

- Et alors, mon capitaine, que deviens-tu, toi ?

- Le même, évidemment, mais le même un peu plus heureux. Je me dirai : « Un jour, j'irai voir Ali, Ali et Kahina. » Ali-Baba, ne l'étais-tu ? Sur notre cheval enchanté ? Nous nous sommes élevés dans les airs, et maintenant tu iras dans une vallée bénie, royaume sans haine, sans mise à mort. Que penses-tu de mon poème ?

Comme il ne voulait trop s'appesantir sur l'avenir, il n'attendit pas la réponse du harki, mais il avait eu le temps de lire dans ses yeux jaunes une expression de bonheur.

Plus tard, une fois seul, Schueller relut la lettre puis la plia soigneusement. Il y en avait une aussi d'Aline mais son temps de permission était trop éloigné encore pour s'abandonner à la perspective des retrouvailles. Il évita d'évoquer trop longuement la jeune fille, son sourire, sa personne ; « pourvu que ce bonheur arrive », ne put-il s'empêcher de se dire tout en glissant la feuille parfumée dans son enveloppe.

Oui, l'avenir, il ne voulait pas y songer.

Le présent, dur, cruel, chaque jour s'imposait.

Le caporal Laurent des Transmissions l'avertit que du Q.G. de Tébessa, l'ordre lui était donné de faire transporter l'animal jusqu'à l'aérodrome militaire. De Marseille, Kahina serait acheminée par un van qui en prendrait livraison.

Eh bien ! les choses se précipitaient ; ce qu'il avait jugé si difficile et improbable se résolvait, somme toute, plus aisément que prévu.

Ali refusa l'ambulance. Il voulait rester dans le camion à bâche ouverte où s'installerait Kahina. Le jeune Chabanne, très satisfait de sa providentielle intervention, exprima son vif désir de retrouver la « mascotte » bien au vert dans sa campagne natale dont il rêvait chaque nuit. Le jour du départ était fixé au lendemain dès l'aube. Ali, très agité durant la nuit, ne dormit guère ; il fallut l'aider de béquilles et il eut peine à monter. Schueller lui avait fait de touchants adieux, puis il s'était retourné vers son cheval.

- Princesse ! Je te dis bonne chance. Une autre vie t'attend. Oui, au-delà des mers, c'est la Terre Promise pour toi. Tu oublieras ces chemins perdus où tes pas t'emmenaient durant des nuits de lune à la caverne d'Ali-Baba. Tu vas vivre dans un palais digne de toi. L'eau y coule de tous côtés, limpide et chantante, entre des rives d'herbes grasses, ondoyantes et fleuries comme tu n'as pas idée. Indolente sera ta vie, servie chaque jour par ton lad et ami fidèle tout dévoué à tes soins, ma foi ...

Il n'osait ajouter que ce serait là une existence bien propre à lui plaire, plus tard, lorsqu'il aurait achevé sa tâche.

- Prends garde à toi, mon capitaine, lui dit Ali en le serrant encore dans ses bras.

Kahina, les oreilles droites, les regardait. On l'avait conduite auprès du camion et ce ne fut pas une mince affaire que de la décider à y monter.

- Je ne te dis pas adieu, Princesse, mais au revoir.

Le temps pressait. Les soldats s'étaient approchés pour voir Kahina prête au voyage, liée avec une corde qui lui servait de licol. « Le cheval de Don Quichotte », pensa Schueller, découvrant en plein jour sa maigreur. Effrayée, la petite jument roulait des yeux et tendait vers lui ses nasaux implorants.

- Adieu, mascotte, bonne route ! Tu en as de la veine ! fusèrent de plusieurs bouches.

Derrière les crêtes le soleil se levait, l'air gardait comme une saveur fraîche.

Sacs, caisses, bidons s'entassèrent bruyamment autour d'elle. On déroula à moitié la bâche car, bientôt, le soleil chaufferait dur. Puis les moteurs se mirent à ronfler et les camions s'ébranlèrent un à un. Très vite, auprès d'Ali, Kahina s'éloigna. Et pour lui dire adieu, il entendit longtemps, de loin, son hennissement vibrant qui l'appelait. Il semblait que son petit cheval de lune lui criait son amour et l'exhortait à ne plus douter, lui redonnait courage et espoir. Les bras croisés il resta de longues minutes sur le chemin creusé d'ornières, où elle avait disparu dans des nuages de poussière, et il dut faire effort pour ne plus penser.

Kahina voyagea toute une longue journée.

Gorges, ravins, routes escarpées dans un paysage aride, se déroulèrent sous ses yeux puis, petit à petit, la nature se transforma, s'adoucit. Dans les hautes vallées, le maquis cédait, sur les flancs du Djebel Abiod, à une végétation plus diversifiée. Se voyaient, ça et là, des arbres courts. Le convoi traversa des hameaux, d'autres, accrochés sur la montagne, montraient leurs maisons claires qui faisaient taches sur la terre ocre. Puis les vignes sillonnèrent le bas des versants où se devinait le dos courbé des travailleurs. Les Arabes cheminaient sur leurs ânes chargés de paniers, des femmes revenaient du puits, gracieuses, l'amphore à peine maintenue sur la tête ; on les voyait monter, lumineuses, sous le soleil.

Le convoi fit halte au bord d'une oliveraie, on repartit vers Bir-Seïd pour y prendre de l'eau. Des enfants jouaient là, pieds-nus, et tandis que les soldats s'abritaient sous les chênes-verts, certains se cachaient derrière les troncs pour leur lancer des pierres.

Le soir déclinait lorsqu'on entra dans Tébessa. Les femmes voilées jetaient quelques regards de biais sur le train militaire et les hommes s'écartaient en silence pour le laisser passer.

Dans la cour de la caserne de l'Infanterie Coloniale,

Kahina eut beaucoup de peine encore à descendre ; ses jambes raidies la faisaient tituber. Ali n'était guère plus valide qu'elle, néanmoins, il parvint à l'installer dans un box plein de paille fraîche où une ration d'avoine croquante et de l'eau la restaurèrent pleinement.

- Elle est plutôt maigre ta rosse, lui dit l'adjudant de service.

Plusieurs jours, elle resta là, à somnoler. Ali avait disparu et c'étaient des inconnus qui se relayaient pour la nourrir. Il revint, un matin, assez tôt, tout heureux. Il boitait encore un peu. Dans sa langue qu'elle reconnaissait, il lui traduisit son attachement, la joie qu'il avait de panser sa robe, de vérifier ses soles. Il avait les mêmes accents râpeux que Yakoub. On lui mit un licol neuf et, sa toilette faite à grande eau dehors, la longe qui la retenait fut liée à l'arrière d'une petite voiture découverte qui venait d'arriver. Ali y prit place en maintenant sa corde, il riait mais ses yeux reflétaient une certaine angoisse.

Kahina comprit qu'on exigeait d'elle de suivre le véhicule qui l'effrayait. Dans les rues, peu de monde encore, les soldats qui encadraient Ali se tenaient l'arme au poing, surveillaient d'un regard les venelles que l'on croisait et derrière les moucharabiehs, les femmes guettaient le passage de la jeep que le martèlement des sabots d'un cheval suivait curieusement. Bientôt, toute la cité sut que Yakoub était mort et que sa monture était prisonnière.

Hors les murs, entre les cyprès, les ifs et les oliviers, la route se montra plate, lisse, droite. Le soleil y affleurait à peine et une brise fraîche soulevait les crins de la jument. Elle trotta gaiement, de cette cadence heureuse qui fit vibrer le cœur d'Ali. Et les soldats se mirent à chanter des chansons d'enfance qui fleuraient bon les souvenirs. Ali les écoutait sans mot dire, il regardait son cheval, il emmenait grâce à elle toute l'âme de sa belle terre d'Afrique et à mesure que s'accélérait l'allure, il s'enchantait de voir s'allumer dans ses yeux le plaisir de la course. Le sang des cavaliers se réchauffait en lui, il admirait la beauté, la vigueur de ce magnifique animal qu'il s'était juré de ne jamais quitter. Nez au vent, elle trottait alors que s'éclairaient au loin les plus hautes cimes de l'Aurès tandis que les monts de l'Ouenza se faisaient irréels ; puis elle prit le galop et ils arrivèrent bientôt devant les barrières de l'aérodrome que les sentinelles ouvrirent pour elle. Là, de grands oiseaux métalliques reposaient leurs ailes déployées et il fallut de nouveau monter dans l'un d'eux, avec Ali qui l'encourageait, l'invitait dans sa langue, avec la même gutturale tendresse que Yakoub, elle accepta de le suivre.

Une heure plus tard, le cheval enchanté de la légende s'envolait. Bercée par le ronronnement continu, Kahina se mit à somnoler puis à rêver. De temps en temps, elle ouvrait ses paupières puis les refermait aussitôt. Par le hublot, des nuages tels d'éblouissants icebergs dérivaient. Peu à peu, ils s'espacèrent découvrant un miroir étincelant qui s'étendait à l'infini ; il semblait que le désert, en ultime hommage, lui offrait le plus prestigieux de ses mirages : la mer.

Deuxième partie

Chapitre 5

Boyard

Cette année-là l'été fut précoce. Un éblouissant printemps était venu fleurir tôt les vergers, les haies, le sous-bois et dès la fin de mars, les vents d'équinoxe semblèrent vouloir balayer la grisaille des jours. En juin, les prés ressemblèrent à une savane. S'y blottissaient les poulains. Au bord de la rivière, les peupliers mobiles sous la brise comme une étoffe changeante, s'élançaient gracieux. Dans la forêt, plus lente à s'émouvoir, chênes et hêtres offraient leurs ombrages aux picsverts, aux jeunes écureuils. La lande, la clairière, sous la tendresse timide des bouleaux, voyaient les lapereaux gambader entre les touffes de bruyère.

Le château du domaine de Cheaulnes se dressait sur un éperon de rocher surplombant la rivière. Après avoir traversé mollement un lit de prairies, l'eau se faisait plus tumultueuse au pied de cette falaise. Après l'aventure de quelques remous, celle-ci retrouvait plus loin sa sagesse et l'édifice, construit en huit siècles d'histoire, s'y reflétait orgueilleusement. Il n'avait gardé de son enfance médiévale qu'un donjon que plantes, arbustes, attaquaient sans cesse. En dépit de cette invasion végétale, ses meurtrières semblaient vouloir toujours surveiller l'horizon. Si l'on suivait le chemin des coteaux, la façade édifiée sous la Renaissance, avec ses fenêtres à meneaux et ses hautes cheminées, offrait plus de douceur et une grande majesté. Des terrasses la vue sur la vallée était très vaste ; le soleil les baignait jusqu'aux heures les plus avancées du soir.

Inès aimait sa demeure.

Le château émergeait à peine après de longues années d'oubli.

Ce soir-là, comme chaque soir, elle s'attardait un moment appuyée sur les balustres pour contempler le paysage qui s'étendait sous ses yeux. Les taches pâles des bœufs qui parsemaient les prairies, les vertes stries des vignobles, les coteaux couronnés de bois, tout cela était devenu son royaume. A présent, un jardin à la française ornait ces terrasses où tulipes, iris, pensées et roses s'alternaient jusqu'au temps des dahlias et des sauges, des petits chrysanthèmes qu'Albert prolongeaient jusqu'aux premières gelées.

Elle soupira. Le soleil jouait pourtant joyeusement de mille éclats sur les vitres, et ses rayons venaient réchauffer vieux lambris, pendeloques de lustres, dorures et tableaux. Peuplé de merveilles qui enorgueilliraient un musée, ces beautés ne réjouissaient guère que son seul regard. Certes, l'harmonie des beaux objets la réconfortait comme la beauté de la nature. Porcelaines rares, glaces et girandoles, tapisseries et lambris, tout cela revivait enfin grâce à ses efforts ; mais à l'instant, ceux-ci lui parurent vains ; l'âme du grand château s'en était allée, malgré tout, pour jamais et ce n'était qu'illusion ; après elle, tout retomberait dans la poussière.

L'obscurité avait envahi la salle à manger dont le parquet et les murs, comme les solives du plafond, sentaient le vieux chêne. La haute cheminée en pierre de

Touraine y tranchait par sa blancheur et la nuit commençait d'envelopper les Amours des fontaines où un léger filet d'eau murmurait sa mélancolie. Les corolles des nymphéas où dansaient les libellules en rondes mécaniques lui semblèrent figées ; elle était la Belle au Bois Dormant que nul Prince Charmant n'était venu tirer de son sommeil.

Elle se souvint, tout à coup, de la première fois où elle était venue à Cheaulnes. Edouard lui en avait ouvert les portes après avoir traversé un parc transformé en jungle. Les volets intérieurs grincèrent, surpris, laissant voir partout abandon et ruine. Comment ressusciter Cheaulnes ? Comment l'insérer dans le monde moderne ? Alors elle s'était juré de faire le salut de la demeure, coûte que coûte. Mais Edouard, dispendieux, joueur, faible, incapable de résister à ses passions, pensait plutôt à vendre la propriété de ses ancêtres qu'il jugeait lourde et inutile pour lui. Inès, alors, riche de la fortune espagnole devenue totalement sienne depuis les décès successifs de sa famille andalouse, avait payé pour garder Cheaulnes. Elle y était venue parfois s'y retirer seule pour pleurer les incartades d'un époux volage. Afin de conserver des chances à son mariage, elle avait décidé de s'y installer avec l'espoir d'y accueillir un jour un Edouard repentant, las de ses errances, conscient de ce que sa femme pouvait lui apporter d'amour véritable. De fait, il était plusieurs fois descendu en Périgord, pour la surprendre, au volant de sa Facel Vega, voiture rapide et coûteuse comme il en raffolait. Passion qui lui fut fatale.

Jeune veuve, sans enfant, elle s'était alors demandé si la terre où elle avait vu le jour, en Espagne, ne serait pas un havre où recommencer sa vie, mais Cheaulnes, grâce à ses premiers efforts, sortait doucement de sa torpeur. Dans les communs, les étables abritaient déjà vaches et moutons, les vignobles produisaient maintenant un excellent vin vendu sous l'appellation du château ; tout un monde y venait travailler, plâtriers, maçons, peintres et tapissiers avec d'autres artisans du pays s'y rencontrèrent pendant des mois réparant les plaies les plus profondes de la vieille demeure.

Sans goût pour dîner, Inès referma la salle à manger où Henriette avait laissé son couvert. Monsieur de Saint-Giers s'était décommandé à la dernière minute et elle entra dans la bibliothèque qui était aussi son bureau, pour s'asseoir à sa table de travail et classer quelques papiers épars, elle vit toute sa correspondance en retard. La lumière de la lampe éclairait de plein fouet une photographie dans son cadre, celle de son mari. Il y souriait, séducteur, sûr de lui, et elle esquiva son regard pour tenter de se concentrer sur ses affaires.

Mais elle n'y parvint pas. Lasse, sa main errait dans ses cheveux sombres dont elle disciplinait la masse en un chignon bas et serré sur la nuque. Epingles et peignes de belle écaille se libérèrent des mèches qui vinrent entourer l'ovale un peu allongé de sa figure où l'on admirait les yeux noirs, vifs, joliment fendus sous des sourcils finement dessinés. Elle redoutait cette heure du soir où chante le merle dans la tiédeur de juin, et, de nouveau, un soupir s'échappa de son cœur.

Elle sursauta lorsque sa porte s'ouvrit tout à coup sur l'invité qu'elle n'attendait plus.

- Stane ! Mais vous ...

- Pardonnez-moi, Inès, j'ai expédié mon rendez-vous à Périgueux et me voici.

Incertain du bon effet de sa surprise, le visiteur,

faussement jovial, guettait par de rapides coups d'œil, l'expression de la jeune femme.

- Comment, ma chère, ne pas tout quitter pour venir vous féliciter ? Votre succès devrait vous réjouir, il couronne vos efforts, votre étalon est un champion, une vraie mine d'or ! Si ses qualités se maintiennent, il peut se placer très honorablement pour le Grand Prix ...

- Je crains que mon cheval ait donné tout son maximum ... Boyard s'est blessé le canon droit aujourd'hui, à l'entraînement, il boitait ferme lorsque Poiret l'a ramené, et j'ai appelé Langlois tout de suite, il doit revenir demain.

Telle devait être la cause de son aspect soucieux, pensa-t-il. Mais la jolie comtesse dont la beauté brune évoquait un tableau de Goya, était bien assez riche pour ne pas être affectée d'un tel revers. Lui qui ne sortait pas de ses impasses financières considérait ce petit échec comme insignifiant. Certes les millions du Grand Prix constituaient un assez joli pécule que l'on pouvait regretter.

- Boyard ne vous a donné que des victoires. A présent, vous pouvez le vendre ou le louer au prix que vous voudrez.

- Boyard n'est ni à vendre ni à louer, répliqua-t-elle sèchement.

Stane préféra détourner la conversation et s'enfonça dans le seul fauteuil-club de la bibliothèque réservé aux clients car son confort tranchait sur les autres sièges. Il s'ingéniait à trouver les moyens de plaire à la châtelaine dans l'espoir de lui faire partager un peu plus que de l'amitié. La veuve n'en devenait pas pour autant plus joyeuse. Elle vivait, certes, dans une demeure superbe à laquelle se consacraient toutes ses ambitions mais, pour elle-même, Inès faisait preuve d'un ascétisme déroutant. Toujours habillée de noir, d'une élégance stricte, il l'appelait « la belle abbesse » tant il considérait son mode de vie digne d'une moniale. Chabrole était la propriété dont avait hérité Monsieur de Saint-Giers, dernier descendant d'une famille ruinée. L'édifice délabré se dressait au milieu de beaux arbres sur des terres divisées, pauvres. Célibataire à plus de quarante-cinq ans, il cherchait encore la difficile conjonction des sentiments et de la bonne fortune.

- L'Etat me pompe jusqu'à la dernière goutte, ironisa-t-il soudain, savez-vous ce que je dois lui verser dans la semaine ?

- S'il vous faut un prêt vous l'aurez Stane.

- A quel taux d'usure, madame ?

Elle sourit, énigmatique, et, le nez contre la vitre, contempla la nuit qui progressait, les nuages qui s'effilochaient devant la lune. Se levant vivement, il vint entourer de son bras la taille de la jeune femme qui ne fit rien pour esquiver telle hardiesse mais n'en perdit pour autant l'intense concentration de son être, ce qui lui était toujours incompréhensible. Habitué à des proies plus faciles, celle-ci semblait revêtue d'une armure invisible ; impossible de ne pas éprouver pour elle une certaine admiration. Les qualités viriles alliées au charme déroutaient. Il l'eut aimée plus docile. Fasciné puis agacé, il cédait à ce qu'elle exigeait muettement : une relation d'amitié juste assez galante pour être maintenue dans un statu quo de bon aloi. Il était conscient qu'elle acceptait ses hommages à distance, pour le moment.

- Boyard, vous le savez Stane, ce qu'il représente

pour moi, bien au-delà d'une valeur de capitaux. J'ai parié sur lui plus que ne le feront jamais tous les turfistes et, grâce à lui, j'ai réussi et atteint mon but : redonner vie au domaine d'Edouard, celui qu'il m'a confié avant sa mort.

Stanislas la regarda tandis qu'elle revenait s'asseoir sous le faisceau de la lampe ; la chevelure éparse, sombre et voluptueuse comme cette nuit d'été. Par son mariage, la fière espagnole avait hérité de la couronne du dernier comte de Cheaulnes. Les chevaux de course, maintenant, en seraient le fleuron, allaient la couvrir d'or.

- Le docteur Langlois vous a sûrement rassurée.

Il nourrissait une vive jalousie pour le vétérinaire si facilement introduit au château, indispensable à la bonne marche du haras.

- Certes, heureusement pour moi, aucune urgence ne prime pour lui sur les miennes ! Il est arrivé dans la demi-heure pour diagnostiquer une fatigue du tendon et prescrire le repos. J'ai deux juments qui sont à terme ; il lui faut venir presque tous les jours.

Mécontent, Stane se tut.

- Allons ! fit-elle soudain rieuse, amusée de sa mimique, son évident dépit, venez voir ma famille.

Elle le précéda sur le perron, le descendit, et il la suivit jusqu'aux écuries silencieuses où les hirondelles avaient regagné leurs nids. Beaux bâtiments dont l'ancienneté se parait d'une rigoureuse propreté. La lumière électrique, crue, fit s'agiter les pensionnaires qui commencèrent à émettre quelques hennissements et on entendit un bruissement de toutes les litières.

Après avoir effleuré les naseaux qui se tendaient vers elle, Inès s'arrêta devant le box de Boyard. Le pur-sang, dont les flancs vibraient encore, s'immobilisa, les oreilles droites, lorsque la main de la jeune femme remonta le long du chanfrein. C'était un animal magnifique ; il émanait de lui une force empreinte de fragilité, sa robe d'alezan se parait d'une crinière fauve qui encadrait une tête superbe au regard fier, hardi. Dans la pleine force de l'âge, l'étalon était conscient de sa beauté et gardait une profonde horreur de tout ce qui pouvait limiter la machinerie de son corps construit pour la course, l'espace, la vitesse. Le bandage, à sa jambe, limitait sa perfection et il souffla son désarroi sur la joue de sa maîtresse ; soupir rauque qui venait du plus profond de ses entrailles.

- Mon garçon, il ne faut pas te plaindre ! Tes misères sont celles du métier.

Le cheval, inquiet, impatient, hocha plusieurs fois nerveusement la tête puis reposa celle-ci avec un touchant abandon sur l'épaule d'Inès.

- Quel admirable spécimen vous possédez là ! s'exclama Stanislas qui enviait les caresses dont le gratifiait la jeune femme.

- Oui, reconnut-elle gravement, c'est un sujet exceptionnel, mais Boyard, vous savez, je l'ai eu tout jeune, ce n'était qu'un poulain à peine sevré, gentil, sage, affectueux, il gambadait derrière moi sur ses longues jambes et je ne pensais pas qu'il deviendrait célèbre, pourtant sa belle hérédité le promettait ...

Elle lustra tendrement le naseau soyeux, le regard rêveur. Comme Stane se rapprochait, l'étalon releva rapidement la tête pour éviter sa main.

- Il n'est pas commode ! s'écria-t-il vexé, vous l'avez mal élevé, Inès, il se montre trop exclusif.

- C'est vrai, j'en conviens, il me ressemble un peu.

Rieuse, comme si elle avait deviné le secret besoin du cheval, elle alla remplir son seau et refusant l'aide de Stane, le déposa dans la stalle. L'étalon but en trois gorgées et s'ébroua, content. Inès souleva délicatement le sabot et fit jouer la jambe malade. Boyard n'eut aucun réflexe de défense et ne semblait plus souffrir. Proches, les juments une à une se mirent à réclamer.

- Allons ! Mesdames, taisez-vous ! Ces diablesses se jalousent entre elles ; chacune brigue ses faveurs, elles sont toutes à lui et j'attends une belle descendance. Voici Aliocha, fille de Orion II, Saphir née de Gladstone, Elsa, pouliche très capricieuse de la lignée d'Aubépine qui collectionna de beaux prix ...

- Vraiment, je vous admire de monter ces chevaux-là sans crainte ! Ils m'impressionnent, dit Stane, ce vif-argent qui coule dans leurs veines est imprévisible.

Au fond des écuries, un peu à l'écart, une stalle vide mais garnie de paille fraîche restait porte ouverte. Inès la referma et Stane put lire sur l'écriteau le nom « Kahina ».

- Ma dernière acquisition est une fantaisie, un désir personnel que je satisfais. Oh ! Parce que l'occasion m'en a été offerte ! J'attends d'Algérie une pouliche arabe, une jolie bête mais en piteux état qui doit arriver bientôt avec son lad, un harki dont la famille a été massacrée et qui vient trouver asile chez moi.

- Comment avez-vous eu l'idée de la pêcher là-bas ?

- C'est l'Armée qui me l'a proposée, par un jeune appelé que je connais puisque sa fiancée est la fille du vétérinaire de Saint-Côme et qu'elle travaille aux bureaux pendant qu'il est sous les drapeaux. Son officier m'a écrit par son intermédiaire et cet homme me paraît aimer les chevaux. C'est lui qui l'a trouvée, peut-être est-ce ma manière de venir témoigner à une Armée la considération et la pitié qu'elle m'inspire.

- Vous voilà victime d'une sensiblerie qui m'étonne !

Stane ne s'intéressait guère aux événements d'Algérie. Ses idées et principes là-dessus ne dépassaient pas les notions sommaires qu'il glanait ça et là et il ne sut que dire sur ce sujet, redoutant de voir s'établir entre la belle comtesse et lui une cassure quelconque due à son indifférence.

- Ah ! Que pensez-vous de moi, s'exclama-t-il soudain après un silence lourd de pensées, je ne sais pas me faire valoir ; certains y réussissent mieux ...

- Mais qui ? Antoine Blondeau ? Parce que vous le voyez me faire une cour ouverte ? Allons donc ! Même du temps d'Edouard il était très galant avec moi, je n'y prête aucune attention.

Elle ne put poursuivre car, pour répondre à Elsa, Boyard hennissait bruyamment.

- Voyez comme ces dames le provoquent ! Il sait quel est le pouvoir de sa beauté, lorsqu'il sort des mains de Luigi, brossé, peigné, étrillé, il ne marche pas, il danse.

Rieuse, Inès repoussa la bouche du cheval qui mordillait son chignon, referma la porte du box préparé pour accueillir la nouvelle pensionnaire.

- Je ne sais dans quel état va se trouver la pauvre bête lorsqu'elle arrivera ici. J'ai eu quelque peine à résoudre les difficultés que soulevait son transport, j'ai eu beaucoup de tracas, mais je vous répète qu'il ne s'agit pas seulement d'un caprice de ma part mais d'un geste, bien limité certes, envers un soldat dont j'ai deviné, à travers les termes de sa lettre tout le désarroi.

Dehors, l'obscurité douce envahit d'une certaine langueur nostalgique l'âme de Monsieur de Saint-Giers. Il baisa longuement la main de la châtelaine avant de remonter en voiture.

Et dans l'écurie sombre, Boyard, inquiet, ne vit plus qu'un triangle d'étoiles par l'imposte de la lucarne. L'étalon contempla les astres lointains avant de répondre par un soupir à ceux d'Aliocha qui s'agitait dans son box.

Jadis, ses ancêtres, depuis l'Asie et les plaines russes, avaient pris comme témoins silencieux ces lumières incertaines de la nuit ; les hardes en errance suivaient le mâle qui les conduisait de pâtures en pâtures et les étalons s'affrontaient avant que naissent les petits à l'abri des hautes herbes qui les dérobaient à la quête des prédateurs. Du fond des âges, par delà des générations de dressage au service de l'homme, un instinct sauvage se réveilla dans la mémoire du cheval ; nostalgie des espaces, des chemins invisibles, des prairies sans limites, des sources et des étangs où les juments peuvent boire à la tombée du jour. Boyard, tout à coup, souffrit des barrières qui le cernaient depuis toujours et le front appuyé contre les barreaux sculptés, il en fit craquer le bois, épuisant ainsi sa rancœur ; il allait jusqu'à mordre et déchiqueter en lamelles le vieux chêne.

Mais, sous le baldaquin de son grand lit, Inès ne trouvait pas plus vite le sommeil. L'esprit et les sens ont, la nuit, une acuité particulière et elle percevait le moindre craquement de meuble comme les battements précipités de son cœur. Elle finit par se lever pour gagner sa fenêtre où la douceur nocturne l'apaisa. La campagne reposait sous une clarté diffuse et son regard allait du ciel à la terre, liés toujours l'un à l'autre. Cheaulnes, autour d'elle dormait. L'édifice lui sembla très grand, bien pesant sur ses frêles épaules ; elle se sentait petite, point infime dans le monde et pourtant pivot, rivet indispensable au domaine que des générations avaient patiemment construit et maintenu. Mais sa solitude du temps d'Edouard était bien plus grande ! Misérable se sentait-elle par trahison. Elle avait tant cru au bonheur simple, vrai ! Se peut-il qu'il existât sur terre semblable félicité que celle d'un grand amour partagé ? Stanislas l'aimait un peu, c'était certain, il ne cessait de le dire mais elle ne ressentait rien d'autre pour lui qu'une bonne amitié teintée d'un peu de mépris. Stane vénérait trop les puissances de l'argent et l'envie secrète qu'il avait de sa fortune motivait beaucoup les beaux sentiments qu'il montrait. Riche, c'est vrai, elle l'avait toujours été, pour son malheur peut-être. A mesure que tombait sur elle une pluie d'or, s'éloignaient pour jamais les êtres chers. Avec le recul du temps, cela ressemblait à une mauvaise ironie du sort.

Elle revint s'asseoir devant sa coiffeuse dont le miroir lui renvoya son image, un peu irréelle sous le doux éclairage. La tristesse de ses pensées alourdissait ses traits : « Je ne sais pas que je vis », se murmura-t-elle gravement, « Stane est de ceux qui me le prouvent ... quelquefois. Mais ce serait céder à une tentation de faiblesse que de « s'acheter », en quelque sorte, tel mirage d'amour. Toute femme a besoin d'un homme pour croire à elle-même, j'ai dû me passer d'Edouard et je n'en suis pas guérie. »

Sa beauté, sa jeunesse encore vive lui parurent des trésors. Les plus inestimables, et ils lui seraient ôtés. Ne s'était-elle bien trop tôt installée dans une longue vieillesse ? Celle d'une femme l'est toujours.

Dans la forêt, au loin, un hibou lança son cri, un peu triste, un peu effrayant ; une chouette, proche, lui répondit, comme un défi. Longtemps, elle écouta le lointain duo aux accents mystérieux, lugubres ; ce n'était pourtant qu'un chant d'amour.

Kahina, ce matin-là, suivit lentement la sente qui longeait la rivière.

Il y avait à peine quelques jours qu'elle foulait ce pré moelleux, tendre, qui allait en molle déclivité vers l'onde. Avec un peu d'hésitation, elle y entra jusqu'à mi-jambe et le miroir mouvant lui renvoya son image encadrée des nuages du ciel.

Ce monde inconnu bruissait de vie. Oiseaux, poissons, bœufs et brebis habitaient autour d'elle. D'abord apeurée, inquiète, ne sachant comment définir le danger, elle commençait à se familiariser à son nouveau décor. Plus de soif torturante sous le soleil brûlant, plus de marches dangereuses sur des pierrailles hostiles, plus de mitrailles ni d'explosions ; mais des prairies odorantes, touffues, de l'eau vive et fraîche, des ombrages partout. Vert paradis pour une princesse du désert !

Mais plus troublant encore restait son voisinage d'écurie. On ne l'avait pas acceptée ; des hennissements pleins de fureur l'accueillaient lorsqu'Ali la sortait pour sa toilette. Et voilà qu'à présent, dans la chaleur de l'été, il lui apprenait le mors et la selle, mettait des harnais neufs qui fleuraient bon le cuir. Ali, dans sa langue gutturale, râpeuse, savait aussi la flatter de mille mots à la résonance connue. Et les juments curieuses la regardaient. Belle, propre, les crins peignés, la jolie selle anglaise au troussequin élégant reçut, dès le deuxième jour, le poids léger d'une femme. Cavalière sombre, tout de noir vêtue, elle montra tout de suite une si sûre maîtrise, une autorité douce et affectueuse qui ne se démentait jamais. Et elles galopèrent ensemble dans la forêt aux senteurs chaudes, à l'humus craquant. Chaque soir, elle promettait de revenir et Ali devait être là pour la tenir prête ; promenade tranquille où l'on s'éloignerait à petit trot dans les prés et les bois. Une fois revenues, Ali servait une bonne ration d'avoine croquante. Oubliée serait vite la pauvre pâture d'alfa et d'armoise.

Aux fatmas rieuses qui devisaient près des fontaines s'était substituée une femme qui régnait là seule, comme une reine.

Ce soir-là, elle n'était pas venue. Le couchant, plus frais, annonçait l'automne ; les haies, d'ailleurs, ployaient sous les fruits dont se gorgeaient les oiseaux. Le vent léger apportait le tintement des cloches au village et Kahina sortit de l'eau pour remonter la pente herbue. La voix familière l'appelait mais la cavalière portait une robe et elle tendait une main amie pour une simple caresse.

- Ecoute, Princesse, je ne peux pas t'emmener aujourd'hui. Il me faut aller chez le notaire et je dînerai à Périgueux ... Ali viendra te chercher tout à l'heure.

Les oreilles droites, la tête haute, la petite jument l'avait longtemps regardé s'éloigner sur le chemin. Avant que ne disparaisse sa silhouette, au tournant, un hennissement puissant, venu d'un autre pré, arrêta la jeune femme. Sonore et caverneux avait été cet appel mais elle continua sa route.

Par trois fois, la clameur s'entendit. Ce n'était pas

un cri d'hostilité mais une sorte d'interrogation altière et provocante. Kahina, troublée, frémit pour y répondre puis, nerveuse, se mit à galoper en tous sens, par bonds joyeux et désordonnés qui la faisaient ressembler à un poulain. Puis elle s'immobilisa, les naseaux tremblants d'impatience, parce que le hennissement brutal venait de la surprendre, plus proche, il s'entendait de l'autre côté de la rivière dont un bras fermait son pré. Elle reconnaissait ces accents-là pour les avoir perçus comme étant d'une nature différente de celle des juments.

Pour la première fois, elle osa y répondre. Ce n'était pas une plainte d'effroi mêlée d'espoir comme celle répercutée, un soir, dans l'Aurès, du haut des montagnes que gagnait une nuit pleine de menaces ; mais une sorte d'invitation coquette, de défi curieux. Elle trotta, légère, vers le bas de son pré, vers l'eau chatoyante sous les rayons du soir. Sur l'autre rive, illuminé par le couchant oblique, l'étalon fauve se tenait droit, comme statufié ; sa robe de feu brillante dans la lumière, ses crins fous, agités, ornaient une tête haute où des yeux exorbités lançaient des flammes. Un souffle rapide scandait son piaffement ; il labourait de son antérieur la terre molle et hochait superbement tout en la toisant.

Enfin Boyard, à la faveur de ce contretemps, pouvait se rapprocher de cette nouvelle venue dans son harem dont on l'écartait toujours en dépit de sa furieuse curiosité. A ses appels, cette pouliche ne répondait jamais. Telle insolence l'excitait fort et il la voyait là, si belle et blanche, petite et fine, indolente en son bain, modestement intriguée par sa présence. Si pâle beauté subjuguait, elle cillait, éblouie davantage par le soleil que par son apparition et pataugeait dans l'eau avec un vif plaisir. Elle en sortit enfin, un peu ruisselante du ventre et du poitrail, et s'ébroua gracieusement. Elle semblait légère et sauvage comme une antilope et ses grands yeux bordés de noir en avaient le charme exotique. Boyard, pétrifié, se contenta d'abord de faire jouer sa riche musculature afin de séduire l'inconnue ; il se savait magnifique, mais la blanche africaine ne le regardait plus et toilettait ses jambes d'une lèvre dédaigneuse. Irrité, l'alezan souffla sa colère, décrivit au galop plusieurs cercles de plus en plus larges et, d'une puissante envolée, franchit d'un seul bond le plus large fossé d'eau jamais affronté dans sa carrière. L'étalon se reçut sans faute sur l'autre bord, épuisant son élan dans une savante caracole.

L'étalon fit volte-face et se rapprocha plein d'égards. Il avait cru séduire, il effrayait. La bave mousseuse de sa bouche gouttait sur son poitrail ; Kahina, prise de panique, n'hésita plus et s'enfonça de nouveau dans l'eau boueuse, elle en sortit difficilement, de l'autre côté, et trotta jusqu'à la barrière de ce pré inconnu dont on n'avait point assuré la fermeture. Furieux, humilié, Boyard qui redoutait la boue glissante, n'eut qu'à reprendre de l'élan pour franchir une deuxième fois l'obstacle. Belle performance que ne put juger son entraîneur ; il en fut si fier que d'une bousculade, il obligeait la belle à s'arrêter, mais elle s'y refusait et grâce à la clôture ouverte, s'échappait à vive allure par le chemin.

Celui-ci quittait vite les champs. Après les vignobles, venait la forêt dans laquelle celui-ci se frayait un passage ondulant, d'une grande douceur à cette heure du soir où les oiseaux se taisent. Cette course, d'un goût particulier, enivrait tant Boyard qu'un instinct sauvage décuplait ses forces. Libre, il sautait les petits fossés, les arbres morts. La futaie ressemblait à un grand temple mystérieux où cerfs et biches accomplissent des rites éternels. L'humus fleurait les champignons et les branches basses des châtaigniers fouettaient ses flancs, légère comme une gazelle, la blanche pouliche traversa une clairière. Soudain lasse, elle s'immobilisa sous un chêne. Les bruyères, sur la garenne, composait un parterre chaud, bruissant d'abeilles encore.

Alors elle accepta que les naseaux brûlants de l'étalon vinssent souffler le long de son cou et de son échine, flairant les effluves exotiques qu'émanait sa robe rendue grise par la sueur. Sous le ciel turquoise, serein, le crépuscule gagnait ; la forêt repliée dans l'ombre laissa les premiers oiseaux de nuit lancer leurs cris de chasse. Et elle rendit à son compagnon ses caresses, en témoignage qu'il avait su lui plaire.

Côte à côte, alors que le ciel se parait d'étoiles, Kahina se décida à emmener Boyard vers une chambre secrète, feuillue, d'où se devinait la lune par une mince fenêtre de branchages. Blottis l'un contre l'autre, ils s'assoupirent. L'aube les éveilla, ils revinrent vers la garenne où folâtraient les lapins. Deux biches broutaient sous les bouleaux. Elles dressèrent la tête très étonnées puis regagnèrent les fourrés par une sente invisible. Passage discret mais sûr que les chevaux empruntèrent surpris de se retrouver bientôt au bord d'un étang où une mousse fine d'herbes onctueuses encerclait l'eau paisible. Heureux, tranquilles, l'un près de l'autre, Kahina et Boyard vinrent d'abord boire sur les pas des chevreuils puis, pour calmer leur faim, ils savourèrent le tendre herbage où les graminés croquants avaient une saveur différente, un arrière-goût de sauvagerie et de liberté.

Chapitre 6

Le Grand Prix

Inès arrêta sa voiture devant le porche roman de l'église de Saint-Côme. Sur la banquette arrière, des brassées de fleurs. Roses, dahlias, glaïeuls, lupins mêlaient leurs effluves, leurs pétales. Elle disposa les bouquets sur l'autel, contre le retable doré, puis vint s'agenouiller sur le prie-Dieu dont la tapisserie moisie reproduisait les armes de la famille de Cheaulnes : « *vitam impendere vero* » telle était leur devise, mais le mensonge l'avait beaucoup fait souffrir, le dernier descendant ne s'était guère fait le loyal serviteur de la vérité.

Edouard reposait dans la chapelle d'abside.

Un jour, il lui avait dit qu'il aimait cette chapelle où les vitraux posaient des fleurs bleues et rouges sur les dalles. A présent, sur l'une d'elles, on pouvait lire son nom, il y dormait depuis quatre ans. Les Blanzac de Cheaulnes tapissaient l'église de Saint-Côme depuis 1523. La jeune femme demeura là songeuse puis tristement s'en revint à sa 2 CV qui chauffait au soleil. Sur son siège, un paon-du-jour ouvrait ses ailes dont les ocelles pourpres ressemblaient à une corolle, puis il s'envola, gracieux, vers la lumière.

Inès suivit la route qui longeait la forêt. Les premiers jours de septembre l'enveloppaient déjà de brume et de mystère ; la nature trouvait que le temps d'un certain recueillement commençait et les grands arbres, immobiles, se repliaient, méditatifs.

Au loin, elle aperçut les toits de Chabrole. On devinait deux tours entre les frondaisons. Bientôt le portail de l'allée cavalière, ouvert toujours, l'invitait à s'engager entre les haies un peu folles qui ne sont qu'aubépine au printemps. Stane serait-il chez lui ? Il n'était point venu au dîner qu'avaient offert la veille les Blondeau. Peut-être avait-il décidé de partir pour Paris ; ce projet, sans cesse remis, ne devait donc plus attendre. La demeure allait à l'abandon. Sa vétusté devenait délabrement. Les carreaux brisés des fenêtres empêchaient de voir la beauté des meneaux sculptés. Elle monta le perron aux marches très usées ; combien de générations les avaient-elles gravies ? Le vestibule montrait maints trophées de chasse, de belles épées, des casques et des armures. Le salon Haute Epoque était ouvert, sa cheminée monumentale ne manquait pas de majesté.

- Quelle surprise, ma chère ! Que me vaut cet honneur ? Inès, cela fait des siècles que vous n'êtes pas entrée ici.

- Allons ! Vous exagérez toujours. Je suis venue au printemps à votre charmante réception.

Depuis lors, la pièce sombre, austère, ne lui parut que plus poussiéreuse. Après s'être éclipsé, il revint bientôt avec un plateau sur lequel deux minces coupes s'entrechoquèrent, tintement joyeux de cristal.

- Vous allez prendre le champagne.

Le bouchon, en sautant, fit se soulever Inès.

- Madame, ne soyez pas si nerveuse ! Vous êtes trop jolie ce soir pour que je ne le vous dise pas, j'ai le droit de vous admirer.

- Certes ...

Après avoir heurté encore les flûtes ambrées, ils burent gravement puis Stane, de sa paume chaude, enserra ses doigts ; elle baissa les yeux.

- Vous ne voulez pas que je vous parle de mes doux sentiments, fit-il enfin, cela vous importune ...

Elle n'osa pas répondre : « Stane, je vous aime bien, je vous en donne la preuve puisque je suis entrée ici en toute sympathie mais ... ne me demandez pas plus pour le moment. »

Elle se contenta de sourire, les yeux ailleurs. Des larmes voilèrent sa vue qu'elle essuya, désinvolte, espérant qu'il ne les verrait pas.

- Vous pensez toujours à Edouard, dit-il avec amertume.

Il lui fallut bien acquiescer. Ce serait un mal dont elle ne guérirait pas.

- Puisque votre voiture est en panne je viendrai vous chercher vendredi pour aller chez Georges, vous ne savez pas d'ailleurs où se trouve sa nouvelle maison.

- Mais vous ne l'ignorez donc pas ! Georges est un Casanova.

- Cessez d'être aussi sottement jaloux, rétorqua-t-elle, soyons bons amis, je vous en prie ... A vendredi, donc, vers six heures.

Inutile de retenir la visiteuse. Stane la vit ramasser son sac, ses clefs de voiture, et se diriger d'un pas ferme vers la porte.

Tandis que cahotait la 2 CV sur la petite route poudreuse bordée de fougères, Inès oubliait ses soucis et s'abandonnait à la douceur de ce beau soir d'automne. Partie depuis la veille à Périgueux où elle avait fait de multiples courses, elle éprouvait grand bonheur à retrouver la campagne. « Peut-être qu'un jour je parviendrai à aimer Stane », se consolait-elle tout haut, déçue par sa propre joie de se voir libre. Mais Stane ne voulait pas que son amitié. Fatalement, un jour, il s'éloignerait et ce serait un grand vide. Cette triste pensée l'accabla tant un moment qu'elle ne prêta qu'une attention machinale à sa conduite.

- ... L'Etre naît, vit et meurt seul, dans l'indifférence des saisons, s'entendit-elle dire.

Après une petite côte, il y eut un virage et elle dut freiner brutalement.

- Ah ! Par exemple !

Ce n'était pas une vision. Côte à côte, nez et crinières au vent, deux chevaux allaient au pas le long de la route, à sa rencontre. L'un était blanc, tel un nuage d'été, l'autre plus grand, doré comme un feuillage d'automne. Oubliant chagrins et doutes, elle sortit vivement de sa voiture et courut vers eux. Ses mains tendues se posèrent sur les naseaux palpitants, puis elle attira sur sa poitrine les deux têtes amies.

- Boyard ! Kahina ! Qu'avez-vous fait tous deux sans mon consentement ? Comment avez-vous réussi à vous échapper ? Ne vous cherche-t-on pas ? Personne ne s'inquiète de votre disparition !

Grâce à une corde en permanence dans son coffre, Inès lia les deux encolures à son pare-chocs et démarra lentement, l'œil dans son rétroviseur. Ils suivaient docilement ; sur le bitume de la grande route qu'elle emprunta plus loin, elle pouvait entendre la jolie cadence de leurs pas. Tous, effarés, contrits, inquiets, virent entrer dans la cour du château le surprenant cortège.

Monsieur Poiret, l'entraîneur, se montrait le plus blême ; la fugue de l'étalon lui avait été cachée par le lad.

Ali s'était alarmé de l'absence de Kahina dans son pré où il était venu la chercher. Il n'avait pas hésité à donner l'alerte bien que persuadé que la pouliche n'était pas partie loin et qu'elle reviendrait. Mais la disparition de Boyard parut une catastrophe que Madame de Cheaulnes, à son retour, n'admettrait jamais. Luigi organisa une battue. Une nuit folle s'ensuivit car on ne savait dans quelle direction aller ; mais l'aboiement des chiens, perçus par Kahina et Boyard, ne les troublèrent pas, bien cachés dans leur retraite feuillue. Nul doute, pensa-t-on alors, qu'ils avaient été volés par des malfaiteurs et il fallait prévenir la gendarmerie. Certes, Inès les tança tous vertement. Une telle négligence était impardonnable ; devait-on cerner les près de barbelés ? Mais, finalement, l'idylle imprévue des chevaux émut tout le monde, elle évoquait trop la tendre passion du grand Gold Arabian pour sa jument Roxane dont la lignée devait donner les fameux pur-sang de course. Toute aventure connaît une fin, Boyard dut bien comprendre qu'il ne devait plus songer à retrouver sa belle. S'il l'appelait parfois, elle lui répondait par une interrogation, attentive et frémissante.

Mais Monsieur Poiret n'avait cure de ce dialogue. Très tôt, le jockey-entraîneur prenait possession de lui et, ses courtes jambes bien serrées dans ses bottes, la taille fine et souple, il imposait avec une tenace énergie l'effort, n'admettant ni faiblesse, ni faute. Il avait jaugé la valeur de l'animal ; superbe machine de nerfs et de muscles qu'il se devait de conduire au succès. L'aurore pointait à peine que déjà il entrait chaque matin aux écuries. La main preste, l'ordre tranchant, il stimulait l'étalon qui s'enivrait d'espace. Boyard avait la foulée longue et puissante, des jarrets au ressorts d'acier, il se recevait avec une technique sûre à chaque saut. Il revenait du canter affamé et heureux. Luigi lui jetait une couverture sur le dos, surfaix dont il aimait se voir habillé. Le jockey sifflotait alors d'un air content. Boyard, c'était vrai, avait à sa portée maintenant les plus difficiles lauriers. Après le prix du Jockey-Club, où les turfistes n'avaient vu qu'un coup de chance, il pouvait aller plus loin. Le fils de Tancrède et de Golden Miss pouvait faire mieux encore, pensait Monsieur Poiret.

- Comment a-t-il été aujourd'hui ? demandait Inès qui venait à sa rencontre, un cordial sourire aux lèvres.

- Excellent ... excellent, madame, je vous assure. Il s'échauffe progressivement. Il aime la fraîcheur du petit matin, nous avons fait le grand tour par la rivière, jusqu'à la barrière de la Molitière ...

- Cher Monsieur Poiret, répondit-elle songeuse, que ferais-je sans vous ? Eh bien, je vais vous confier un secret. Vous savez à quel point j'aime mes chevaux, en particulier celui-là, Boyard n'est pas pour moi une mécanique vivante sous les sabots duquel se ramassent les lingots ... Un vieil homme, autrefois, dans ma jeunesse, qui était très simple mais très instruit de toutes ces choses que l'on ne vous apprend guère dans les livres, me contait pour m'amuser d'étonnants récits sur les animaux. Pour lui, nul doute qu'ils avaient une âme, c'était une croyance très ferme chez lui. Il me disait que des anges, bons ou mauvais, se partageaient des rôles auprès des humains sous l'enveloppe de nos compagnons préférés. C'est pourquoi, me disait-il, ces derniers sentent les forces invisibles qui nous menacent, prévoient l'accident, la maladie et la mort. Boyard n'était qu'un poulain, lorsqu'il arriva ici mais son regard avait pour moi une gravité particulière, il était comme un bon ange attaché à mes pas. Quant à la petite jument arabe que j'ai fait venir à grands frais d'Algérie, c'est la même chose, elle me témoigne une sympathie émouvante, d'autant plus touchante pour moi qu'elle me rappelle l'ami, le compagnon de mon enfance, le cheval blanc que j'eus pour moi seule, en Espagne, au pays des Gitans ... Ah ! Jamais je ne l'oublierai ! Quel splendide animal ! Peu d'enfants peuvent évoquer de pareils souvenirs ... Les Gitans d'Andalousie, lorsque mourut mon étalon, me prédirent tous son retour ... Qu'il me faudrait aller le chercher loin, au-delà des mers, qu'il m'apporterait le vrai bonheur ... Je me suis souvenue naïvement de ces promesses, plus vivaces au fond de moi que je ne l'aurais cru. Est-ce, en effet, folle crédulité ? En tout cas, je me décidai sans hésiter à recueillir cette bête qu'un inconnu me vantait avec tant d'insistance et qu'il prétendait de la descendance des chevaux des Pharaons ... Rien que son nom, Kahina, me fit rêver. Je voyais la reine de l'Aurès, intrépide et courageuse réincarnée de cette manière ! En vérité, c'est une pouliche très douce, très agréable pour la promenade.

Les yeux baissés, elle se tut et ne souriait plus.

Chaque soir elle faisait le tour des champs, des bois, avec Kahina. Levée très tôt, elle respectait un horaire rigoureux toute la journée pour ne perdre aucun temps et faire face à de multiples tâches. Ce moment-là était sa détente, son plaisir. Les visites la dérangeaient le plus souvent car elles faisaient rupture dans l'équilibre des heures, son voisin ne l'ignorait pas, Stane était un incurable oisif. Les besoins d'argent qui provoquaient ses lamentations ne l'incitaient pas pour autant au labeur. Il y avait heureusement sa jovialité naturelle pour l'aider, un goût bien gascon du panache ; sa nature superficielle s'accommodait de tout ... Mais pour elle, deux événements nécessitaient toute son attention cet hiver-là. Boyard devait se préparer à la grande épreuve de sa vie : le prix du Président de la République qui, à Auteuil, sacrait les champions du steeple-chase comme le Grand National de Liverpool en Angleterre. Course meurtrière et prestigieuse. En dépit de l'insistance de Stane, elle déclina beaucoup d'invitations et ses relations se plaignirent, on la voulait partout : cercles hippiques, associations diverses, dîners et cocktails mondains. Une telle sauvagerie surprenait, personne ne se rendait compte que, seule face à une entreprise, elle assumait un très gros travail. Elle ne pensait nullement intriguer ni déconcerter.

A l'approche de mars, alors que les premières bourrasques secouaient les frondaisons, s'insinuant dans les cheminées avant de réveiller la terre engourdie, elle songea très sérieusement à sa garde-robe afin de paraître au mieux dans l'arène. Là, sur le champ de course, elle se devait d'être élégante ; souci qu'elle avait désappris sans trop d'effort.

Et le pâle soleil de printemps la trouva, un matin, vêtue d'un charmant tailleur, chapeautée et gantée, avec de fins souliers vernis. Il fallait quitter Cheaulnes, emmener tout cela dans la valise, la route serait longue. Depuis quelques jours, Boyard avait entendu que l'on préparait son van, qu'on fourbissait ses harnais.

D'un regard circulaire, elle embrassa le décor de sa chambre ; austère décor espagnol, meubles de chênes sombres, lustrés, sobres. Les tapisseries comme les tableaux évoquaient l'Esquorial. Victoire, sa chienne, inquiète, furetait sur ses talons tandis que Félicia, sa chatte, plissait ses yeux d'émeraude pour mieux la guetter ... Un vent en rafales, humide et froid, faisait gémir les solives du château. A l'écurie, Boyard, nourri, toiletté, brossé, pansé, l'accueillit d'un hennissement, rauque clameur où se devinaient le défi, l'impatience, et une certaine angoisse.

- On y va, mon garçon, ce sera dur, je le sais ...

Boyard hocha plusieurs fois de la tête comme s'il acquiesçait, conscient de la gravité du moment.

Encore assoupie dans la tiédeur de son box, Kahina perçut de loin le branle-bas. Une torpeur douce l'immobilisait, la vie qu'elle abritait dans ses flancs l'écartait de toutes ces turbulences et il n'y eut pas de réponse aux chauds appels de Boyard. Il monta dans le véhicule dont la lucarne, à hauteur de ses yeux, lui permettait de voir le paysage. N'était-il pas magnifique ? Inès admirait la transparence de ses prunelles.

Monsieur Poiret prit place au côté d'Inès, Luigi conduisait et tandis que cahotait le van sur les vieux pavés, chacun se taisait, ému. Lorsque le bruit du moteur se fut estompé, Albert se mit à nettoyer le box vide. Le vieux turfiste qu'il était, parieur dans l'âme, éprouvait une certaine tristesse. Un grave accident de santé l'avait réduit à la misère et Cheaulnes avait été son salut. Il ne revivrait jamais l'exaltante ambiance des courses, désormais il soignait les champions et ne misait plus sur eux.

La vue des sillons de terre grasse, gorgée de pluie, inquiéta Monsieur Poiret.

- Si le terrain est lourd ...

- Allons donc ! Qu'avez-vous tous ! Vous vous taisez, on dirait que nous partons battus !

Comme elle riait, découvrant ses jolies dents régulières, les hommes éclatèrent de rire et se mirent à chanter. Boyard, étonné, pointa les oreilles.

Tout au long de ce voyage, Inès rêva, silencieuse, confiante en sa chance, elle voulait garder l'intuition que son cheval serait un grand crack, elle voulait se voir, à travers lui, un avenir lumineux. A Paris, se disait-elle, il y aurait Heather, la fille de Lord Heretford et elle avait l'intention de lui acheter de sémillantes poulinières qu'elle ferait venir d'Irlande. L'achat d'un autre étalon, devenu hors compétition, apporterait du sang neuf. Les poulains qu'elle voyait gambaderaient sous ses yeux.

Puis tout à coup elle pensa que trois semaines auparavant, elle avait écrit à ce capitaine, luttant dans les vallées perdues de l'Aurès. Elle lui avait appris que sa protégée, la princesse Kahina, allait avoir une descendance ... Qu'elle se rendait à Paris pour le Grand Prix à Auteuil ...

Tard, dans la nuit, on arriva à Chantilly.

Boyard y avait une stalle réservée. Il y fut accueilli par les hennissements des autres chevaux.

- Maintenant, je te quitte, mon garçon, lui dit-elle sourdement en lui baisant deux fois les naseaux.

Boyard garda longtemps les oreilles droites, à l'écoute de son pas léger sur les graviers de l'allée.

A l'hôtel Meurice, Inès retrouva sa chambre dont le balcon donnait sur la rue de Rivoli. Une vue pleine de douceur sur les jardins des Tuileries et le Louvre qui les fermait. Par delà les mouvements de voitures, se percevaient les cris joyeux des enfants qui jouaient sous les arbres ; comme en un tableau de Dufy, peint de gaieté, leurs petites silhouettes colorées parsemaient de touches vives les couronnes des bassins.

On était vendredi ; le Grand Prix viendrait vite ce dimanche. Bien des choses devaient être faites auparavant, une liste de mille nécessités avait été dressée qu'il fallait suivre. A Paris, le temps se raccourcissait et elle s'habilla promptement.

Néanmoins, avant de descendre, elle composa le numéro du capitaine. Cela ne concernait que sa propre fantaisie ; comparer un visage et une voix à celle émanée par l'écriture. Ce fut celle d'une femme qui lui répondit ; douce et pondérée, elle l'informait que l'officier serait absent jusqu'à la fin de la semaine et ne resterait que très peu de temps avant de repartir, il lui faudrait rappeler lundi. Assez contrariée, elle raccrocha. Dimanche soir, si Boyard ne réussissait pas, elle n'aurait que trop de hâte à s'en retourner, prolonger d'un jour lui coûterait certainement.

Au-dessus d'Auteuil, le ciel brumeux n'était que lumière.

Le soleil, voilé, n'échauffait guère une foule qui se pressait, nerveuse, aux guichets ; ici allait se jouer le miracle né d'une combinaison de chiffres ! Les chevaux ne semblaient pas ignorer cette fébrilité, excités, ils se défiaient entre eux par des appels qui vibraient, inquiets, puissants.

Inès, très tendue, feignait d'être calme derrière ses lunettes noires. Dans l'enceinte du pesage où se réunissaient les propriétaires, elle les jaugeait avec crainte, soudain consciente de sa petitesse, de son audace.

- What a beautiful day ! s'exclamait une voix chaude derrière elle.

- Oh ! Milord, c'est vrai, il fait beau ... et quel plaisir de vous revoir ! Certes, Heather m'avait écrit qu'elle vous accompagnerait à Paris à l'occasion du Grand Prix.

- Ma fille a essayé de vous joindre au téléphone à votre hôtel mais vous n'étiez plus là.

Lord Heretford était de forte stature, la figure un peu rougeaude et joviale. Le gentilhomme irlandais portait, comme toujours en de semblables circonstances, la jaquette et le chapeau conformes. Ses jumelles s'étalaient sur sa corpulence ; de son œil pâle il l'avait enveloppée toute entière et une lueur pleine de malice se devina dans ses prunelles.

- My dear, fit-il sourdement, j'ai entendu dire que vous étiez fort joliment placée avec le Boyard ...

Elle se contenta de sourire. Malgré le ton plein de bonhomie s'y percevait une légère altération. Lord Heretford n'aimait point les rivaux ; il avait traversé deux mers avec trois redoutables champions : Royal Blue, vainqueur à Epsom, Bright Lady, pouliche arrivée troisième au Grand National, et Moonlight, un étonnant outsider sur lequel, maintenant, on pouvait parier gros. Inès frissonna, n'avait-elle pas un peu trop présumé de son étalon ? L'épreuve d'aujourd'hui était la plus redoutable et décisive de sa carrière.

- Je vous trouve absolument exquise sous ce chapeau, fit-il avec sincérité.

L'accent donnait au compliment une modulation particulière.

Heather apparut bientôt à la recherche de son père ; dans une robe vert-mousse, ses cheveux roux flamboyaient en dépit de l'ombre que leur faisait la capeline. Fine, intelligente, douée d'un charme spécial, Inès se souvint quel puissant attrait elle avait eu sur Edouard. A sa mort, si brutale, un lien s'était noué entre les deux rivales ; Heather s'appuyait maintenant tendrement au bras d'un brillant avocat de Londres.

- Je vous attends à Oakgate pour mon mariage, Inès, ce sera une vraie fête !

- Je viendrai à la condition que vous fassiez tous les deux un petit séjour chez moi. Il y a si longtemps que vous n'êtes venue !

Le jeune homme fit un signe de la tête plein d'enthousiasme, il suivrait Heather au bout du monde ...

Autour d'eux l'animation montait.

On se bousculait pour accéder aux tribunes et de loin, Inès reconnut Arturo Campani, industriel milanais, propriétaire en Lombardie d'une écurie de course, grand amateur de Ferrari, passion qu'il avait partagée avec Edouard pour son malheur. Arturo l'avait beaucoup courtisée.

Une longue sonnerie retentit, les derniers parieurs se hâtèrent aux guichets.

A l'entrée du Pesage, le premier pur-sang, tenu par son lad, fit son apparition et Inès se rapprocha de la barrière soudain indifférente aux propos mondains. Les champions du steeple-chase s'avançaient un par un dans une sorte de cérémonie grave. Inès les citait mentalement : « El Kantara », « Glad Boy », « Golden Apple », « Tancarville », « Horatio », « Flamboyant », « Attila II », « Cartouche », « Bright Lady » (une beauté !), « Royal Blue » ! ... Splendide. Elle frissonna encore. Lorsque son bel alezan entra dans l'enceinte, une onde glacée la traversa. Fringuant, onduleux, brillant, Boyard roulait des yeux pleins de feu. Monsieur Poiret, culotte de satin blanc, casaque noire, semblait impassible sur sa selle. Luigi, fièrement, tendait la longe.

Tremblante, elle accepta le bras d'Heather pour gagner les tribunes avec les propriétaires. De là-haut, le vaste champ de course, belle nappe d'un vert tendre hérissée de haies, de barrières blanches, s'étendit sous ses yeux. La foule se pressait partout, telle une vague poussée par le vent, elle se brisait sur la piste. Au fond, la grande ville palpitait sous un ciel pâle, brumeux, imprégné de soleil. Par le passage entre les tribunes, les chevaux se suivirent ; les jockeys, dans leurs tenues colorées dont les manches flottaient au vent et leurs bottes luisantes, composaient, sur leurs montures, un tableau vivant.

L'émotion commençait à gagner les gradins.

Inès n'avait d'yeux que pour Boyard, le numéro 14.

Puis elle pensa à Edouard. Comme il serait fier d'elle aujourd'hui ! Pêle-mêle, mille souvenirs se bousculèrent en sa mémoire, de son enfance surgissaient d'autres images et elle ferma les yeux.

Lorsqu'elle les ouvrit, là-bas, les chevaux étaient prêts et les secondes prirent une densité de plomb. Un haut-parleur hurla, fit le silence. Dans une vibration légère, les cavaliers bondirent hors des starters et Inès ajusta au plus vite ses jumelles.

Le peloton affrontait déjà, en se dispersant, la première épreuve et la haie fut franchie dans une belle envolée. Une voix criarde citait des noms qu'elle retenait peu ; Luciole menait dès le début d'une bonne longueur d'avance. Tomberait-elle au fossé ? La course, pleine d'embûches, serait longue et meurtrière.

Bientôt Luciole fut talonnée par Glad Boy et Cartouche. A la troisième haie, elle galopait sans jockey. Une lutte sans merci s'engageait entre les chevaux cravachés dont les jockeys, penchés sur les encolures, se défiaient rageusement : « Open the door ! » Cède le passage ! se lançaient-ils lorsque le peloton devenait trop serré sur la corde de la piste.

- Royal Blue est déjà quatrième ! s'écria Heather tournée vers son père.

Faible soudain, Inès rajusta ses jumelles, incapable de discerner son étalon. Sa bouche restait sèche et le sang martelait ses tempes.

Cartouche, pourtant, menait toujours. Ce grand pommelé gris avait une énorme foulée, des jarrets puissants qui lui permettaient de sauter loin. Il semblait voler sur l'obstacle. Les clameurs de la foule s'enflaient en tempête à mesure que les rangs se décimaient et que tombaient les concurrents ; certains ne se relèveraient pas d'une mauvaise chute.

Inès ne voyait plus rien, n'entendait plus rien.

Un vide se creusait en elle et son être se cramponnait pour ne pas sombrer dans le vertige. Mais force lui fut d'ouvrir les yeux pour regarder là-bas car la voix qui commentait montait d'un ton au fur et à mesure que se rapprochait l'openditch où se ferait une nouvelle sélection, peut-être décisive ...

Boyard ! ! !

Pour la première fois son nom retentissait au-dessus d'Auteuil. Son poulain, son ami, son rêve ! Il semble, à l'instant, qu'on lui arrache du cœur tant de promesses secrètes, de souvenirs poignants. Et le visage d'Edouard s'estompe, tout à coup, c'est Rafael dans son habit de gloire, étincelant, tout seul au milieu de l'arène, la foule qui retenait son souffle, clamait son admiration, lorsque le taureau, autour de lui, esquissait la danse de mort ... Elle ferme les yeux pour chasser la vision de l'horrible fin de Rafael. Heather, surprise, se penche sur elle :

- Inès ! Regardez ! Le Boyard !

Haletant, écumant, son pur-sang, le sien, s'était détaché ; son corps fauve, brun de sueur, volait par-dessus les haies, se recevait sans faute, gardait le rythme et talonnait ses rivaux. Cartouche lutte, conscient de ce qu'il est menacé sur sa droite. Là-bas, derrière les barrières, ils semblent glisser comme des cibles pour un concours de tir ...

Désormais tout se passe très vite.

La rivière des tribunes, dernier et fatal obstacle où tombent les plus braves, demeurait le point de mire des plus hauts gradins jusqu'au parterre, réduisant à un silence lourd les spectateurs anxieux. Le ciel, à ce moment, s'éclaira d'un vrai soleil qui avait morcelé la brume en gracieux nuages.

Il n'était plus que quelques-uns, encadrés par trois solitaires désarçonnés. Après avoir franchi la dernière haie avant le grand fossé, Inès voit bien que son étalon, par des foulées très longues, donne le maximum de sa puissance. Il a déjà dépassé Cartouche, le voici qui touche la croupe de Royal Blue, ils vont aborder la rivière ensemble, tout dépendra de la manière dont ils se recevront une fois survolée cette redoutable épreuve. Inès prie Dieu de toute son âme que le canon gauche de Boyard résiste à tant d'effort ; sa vue se brouille, elle retient ses larmes, son cœur saute par des bonds fous, les cris de la foule font comme des vagues dans une houle, ils portent les chevaux dans la dernière énergie du saut gigantesque.

Les chevaux touchent le sol en même temps.

Ils ont juste prévu la marge nécessaire pour éviter le piège et ils soufflent tous deux, naseaux dilatés, comme des bêtes fauves. Nul ne pourrait percevoir ces râles rauques tant les clameurs s'enflent à mesure que se rapproche la ligne d'arrivée. Ce qui les départagera sera infime ; « O Dieu, anges du Ciel, donnez vos ailes à mon Boyard ! »

Et c'est Pégase, tout d'un coup, qui, comme poussé par une force irrésistible, galope, s'avance ... Il paraît voler tant ses sabots effleurent à peine le gazon et le voilà triomphant d'une bonne longueur d'avance !

Tandis que le tiercé définitif s'affichait partout, Inès dut descendre et assumer son rôle. Bientôt les journalistes la criblaient de tous les côtés alors qu'elle s'emparait d'une rêne pour attirer contre son cœur les naseaux de son cheval. Sa main glacée parut des plus douces à Boyard parfaitement conscient de sa victoire. Cette tendre connivence émut la foule ; l'étalon posait sa tête sur la fragile épaule, s'y reposait de ses prouesses, y puisait une nouvelle énergie. Comme un chien docile il suivait d'un pas régulier la jeune femme qui le guidait à travers le passage tandis que Monsieur Poiret serrait les mains qui se tendaient vers lui pleines de reconnaissance et d'admiration. Tant d'animation étourdissait Inès ; la « chartreuse de Cheaulnes », ainsi qu'aimait la railler Stane à cause de son amour du travail et de la solitude, parvenait mal à se maintenir au diapason. Son euphorie, toute intérieure, resplendissait en un sourire muet ; elle hochait la tête aux compliments, la gravité triste de ses yeux noirs séduisait, étonnait, charmait, on la trouva des plus élégantes, les commentaires sur la sobriété remarquable de sa toilette se montrèrent si élogieux que son chapeau, noir, à ruban, de forme typiquement andalouse, fit fureur sur le champ, celui des courses donnant le ton de la mode.

- Je vous fais mes compliments, Boyard était entre les mains d'un maître ...

Le jockey-entraîneur sourit, caressa le chanfrein de son élève avec orgueil.

- Je savais, madame, que ce yearling promettait d'être un crack, il a bien retenu sa leçon, maintenir l'effort, ne pas épuiser ses réserves de force afin de donner le maximum sur les dernières longueurs. Je suis heureux, madame, de vous offrir cette victoire, elle est un honneur pour moi et, je le sais, une grande joie pour vous.

Les Champs-Elysées ruisselaient de lumière.

En traversant les jardins, les bruits de la ville, atténués, leur permirent de converser plus facilement. Le parfum de la terre, sa fraîcheur, plurent à Inès qui demanda à s'asseoir un instant, prise de lassitude.

- Quelle journée !

Lord Heretford, très fair-play, venait d'offrir un excellent dîner chez Lasserre, arrosé de champagne, pour fêter le succès de Boyard. Ils avaient décidé de raccompagner la jeune femme jusqu'à son hôtel. Paris, la nuit, palpite. Le grand manteau d'ombre qu'est le ciel recouvre son scintillement et la capitale s'anime vraiment. Les vitrines brillantes, les théâtres, les cafés et restaurants, sont autant de reflets de son âme. La rue de Rivoli plaisait particulièrement à Inès par son élégante enfilade et son trottoir boutiquier, couvert, qui lui rappelait les cités latines ; les arcades évoquaient les « paseos » de sa jeunesse.

- Chère Inès, ne repartez pas si vite ! Nous pouvons profiter de cette semaine pour visiter une exposition, courir les magasins, aller à l'Opéra, ce serait navrant de manquer telle occasion, lui dit Heather.

Elles décidèrent de se retrouver à trois heures devant le Petit Palais.

Une fois dans sa chambre, Inès éprouva une sensation de grand bonheur. Elle ôta ses vêtements en chantonnant, dénoua ses cheveux qui tombèrent en vagues souples, rajeunirent aussitôt son visage. Elle se sourit dans le miroir, convint qu'à trente ans, elle gardait une séduction que la joie du moment rendait plus éclatante. Dans sa chemise de nuit, longue et brillante, on eut dit une héroïne antique. L'élégante jeune femme d'Auteuil s'était muée en Hermione et à mesure qu'elle se considérait, immobile, son regard prit peu à peu une expression quasi-tragique : « Inès, ... pourras-tu jamais oublier ? Pourras-tu, enfin, un jour pardonner ? »

- O Edouard, s'entendit-elle prononcer tout haut, je t'assure que je ne souffre plus maintenant, j'ai le sentiment qu'aujourd'hui, tu m'as offert un très beau cadeau et que ton souvenir s'est épuré en moi, sans doute es-tu délivré, entré dans la félicité, dans l'éternité.

Sans force, tout à coup, elle se laissa choir sur le lit afin d'étouffer ces sanglots irrépressibles qui montaient du plus profond d'elle-même, larmes de joie et de douleur mélangées.

Le téléphone sonnait désespérément lorsqu'elle émergea de son sommeil. Elle y avait sombré d'épuisement, d'émotion. Un jour clair, lumineux, s'immisçait dans sa chambre et elle décrocha un peu hébétée.

- Allô ! Madame de Cheaulnes ?

La voix mâle, bien timbrée, trahissait une vague inquiétude.

- Elle-même ...

- Mes hommages, madame, vous aurais-je dérangée trop tôt ? Je suis le capitaine Schueller et ma mère m'a fait part de votre appel ...

- Ah ! Parfaitement, capitaine, je suis très heureuse de vous entendre. Comme je suis de passage à Paris, j'ai pensé que nos séjours se coïncideraient peut-être pour nous permettre de nous rencontrer, j'ai de bonnes nouvelles à vous donner de votre protégée.

- Je puis venir vous voir quand vous voulez.

- Cet après-midi ? A mon hôtel ? Vers cinq heures et demie ? Je me tiendrai dans le grand salon, sur la rue de Rivoli, vous savez, je suis toujours habillée de noir, vous me reconnaîtrez donc sans peine.

- Parfait. Je note et vous dis à ce soir, madame.

Il raccrocha aussitôt et elle demeura le combiné suspendu un moment avant de le reposer. Certes, l'officier avait une intonation de voix ferme et sympathique. On devinait un homme habitué à donner des ordres rapides, à prendre des décisions sans y avoir réfléchi trop longtemps mais sachant s'y tenir ensuite. Tout en prenant son bain, elle tenta de mettre un visage sur cette voix. Puis elle s'interrogea elle-même avec une certaine inquiétude ; ses traits lui parurent bouffis, des cernes malencontreuses ombraient ses yeux ; les émotions, les veilles, les repas généreux avaient altéré la transparence de son teint.

Comme l'on déposait sur la table le plateau de son petit déjeuner, elle s'étonna de voir sa photo dans le journal et elle s'examina sans complaisance ; « voilà ce qu'est devenue la veuve d'Edouard », s'entendit-elle murmurer. Elle pensa, qu'après la visite de l'exposition, il lui faudrait un certain temps pour s'arranger, paraître au mieux d'elle-même mais rien qu'elle-même.

Et de fait, ce fut une jeune femme mince, un peu austère, dans une simple robe de lainage noir, le cou paré de perles, au chignon serré, qui vint s'asseoir dans le recoin d'un canapé du grand salon doré.

Le capitaine Schueller se trouvait prisonnier des encombrements et s'impatientait beaucoup dans son taxi. La pluie s'était mise à tomber malgré un soleil cru ; le ciel capricieux des giboulées l'irritait et il décida de payer là sa course et de s'acheminer à pied vers le Louvre par le pont du Carrousel. Un rayon plus chaud resplendit sur les jardins, les frileux parterres, sur les statues brillantes.

Il avait marché si vite qu'il restait bien quelques minutes pour flâner. Quelle belle lumière sur la plus grandiose des perspectives ! Il regardait tout avec des yeux neufs. L'Afrique n'était pas encore estompée dans son esprit. Il se sentait heureux et gardait encore sur les lèvres le goût tendre de la jeune fille. Son corps souple et chaud, pressé tout à l'heure contre son uniforme, lui parut à nouveau une promesse de bonheur. Non seulement Aline était jolie mais elle achevait des études difficiles avec succès. Aline se voyait un avenir plein de promesses que déjà elle s'aménageait avec certitudes. Une onde d'inquiétude le saisit à la pensée d'une si jeune et confiante allégresse ; à plus de trente-cinq ans, lui, il avait par expérience moins de foi dans la vie. Depuis plus d'une semaine il s'était laissé emporter de cocktails en dîners. Ce tourbillon l'étourdissait. A quoi bon parler de sa rude vie du désert ? Il n'en avait soufflé mot. D'ailleurs, toutes les idées qu'on lui aurait données sur la guerre lui seraient pénibles à entendre.

A mesure qu'il s'avançait, sa joie s'altérait. L'air vif le dégrisait et une certaine mélancolie qu'il croyait avoir laissée au Sahara, s'insinuait de nouveau en lui.

Bientôt il se retrouva devant l'hôtel Meurice et il

profita du reflet d'une vitre pour vérifier sa tenue. Ce rendez-vous, tout à coup, l'ennuyait, il se promit de le mener rondement. L'air bourru qu'il montrait n'affecta pas l'amabilité des portiers. Tant de luxe l'agaçait. Le style désuet, les dorures pompeuses, les laquais silencieux, lui inspirèrent des sentiments d'aigreur envers un univers ouaté qui isolait des privilégiés des dures réalités du monde ...

D'un coup d'œil, il embrassa le grand salon plein de meubles, lampes, candélabres, vases aux bouquets somptueux. L'un d'eux dissimulait presque une silhouette blottie dans un canapé, près d'une fenêtre, à l'écart.

- Excusez-moi de vous avoir fait attendre, madame, j'avais oublié qu'à Paris il est difficile d'être exact ...

Il s'inclina, intimidé, devant la main qui se tendait.

- C'est très aimable à vous, capitaine, d'avoir accepté de vous soustraire à votre famille pour venir jusqu'ici. Je suis tout à fait ravie de vous rencontrer et de pouvoir vous donner de vive voix des nouvelles de votre princesse Kahina.

A ce nom qu'elle prononçait d'une manière particulière, il sourit rasséréné, subitement content. Il s'assit à ses côtés et répondit simplement aux questions qu'elle lui posa avec une désinvolture charmante. Et pour la première fois depuis son retour en France, il se laissa emporter par le récit de ses aventures. Elle l'écoutait avec une expression d'attention vraie, grave, alors qu'il trahissait à son insu tout un monde de sentiments où se mêlaient joies, tristesse, doutes et espoirs. Tandis qu'il parlait, Inès étudiait la ferme ossature du visage de l'officier, ses mains vibrantes d'une puissance contenue. Elle trouvait une réelle beauté à ses traits burinés où toutes sortes de combats avaient creusé des rides.

- Votre Kahina est maintenant très heureuse, capitaine, hélas ! Je sais que nous avons fait cela pour un cheval et pour Ali. Deux êtres innocents, c'est vrai, mais ...

Il rencontra le regard sombre de la jeune femme où se lisait une certaine tristesse.

L'heure avait passé si vite qu'il ne s'en rendit compte qu'à l'obscurité naissante qui bleuissait à la fenêtre, il se leva confus.

- Madame, je vais repartir bientôt en Afrique, je soupçonne que ce sera pour un temps assez long. Prévenez-moi, s'il vous plaît, quand le poulain de Kahina sera né. J'aurai une joie de l'imaginer gambadant auprès de sa mère dans les hautes herbes de vos prairies, sous un soleil plein de douceur, soigné par la main d'un harki, ami fidèle que j'affectionnais, préservé maintenant d'une guerre sanglante et cruelle.

Il s'inclina de nouveau profondément sur sa main chaleureuse puis se redressa très droit.

- Eh bien, capitaine, lorsque vous reviendrez, sachez que là-bas, en Périgord, Kahina vous attendra. Je suis certaine qu'elle vous reconnaîtrait et vous accueillerait avec vive amitié.

Cette invitation lui plut ; il y répondit favorablement d'un sourire, puis, avec effort, tourna les talons pour traverser la pièce à grandes enjambées.

Dehors, un sentiment de solitude l'étreignit tout à coup. Des bourrasques humides s'engouffraient dans les Tuileries, le jardin se repliait dans une austérité hivernale. Il lui fallait regagner au plus vite la rue de Lille où Aline devait s'impatienter. Tout en marchant, le contentement lui revenait. Son entrevue n'avait pas été le moindrement ennuyeuse. Madame de Cheaulnes était une personne charmante, une femme hors du commun, assez spéciale. Son visage d'ovale allongé, ses yeux très noirs et vifs, ses cheveux tirés d'une façon sévère, évoquaient une peinture espagnole. Il se promit d'accepter sa proposition. Cela serait-il jamais possible ? Il pensa non sans confusion qu'il avait omis de la féliciter pour son triomphe à Auteuil. Il n'avait parlé que de lui et cette conversation s'était déroulée sans réticence ni affectation, elle l'avait écouté avec une expression d'intérêt nuancé par une commisération quasi respectueuse. Allait-il conter tout cela à Aline ? Ne serait-elle pas un peu fâchée ? Il songea qu'Aline avait parfois des mouvements imprévisibles. Il leur restait maintenant de trop courts moments à passer ensemble pour envisager de les ternir un tant soit peu. Heureusement que sa fiancée était si captivée par ses études, et cette dernière absence, avant leur mariage, lui paraissait presque nécessaire pour ses examens. Elle lui avait avoué que son épanouissement personnel dépendait de ce diplôme ; cela ne provoquait chez lui ni son enthousiasme ni son adhésion profonde ; peut-être jalousait-il, sans se l'avouer, cette certitude toute simple qu'elle avait de son avenir alors qu'il s'interrogeait sur le sien depuis des mois. Mille pensées contradictoires l'assaillaient encore en franchissant le seuil de sa porte cochère ; elles l'agitaient toujours une fois assis dans son salon face aux tableaux modernes qui en parsemaient les murs.

Mais lorsqu'Aline entra, vaporeuse, délicieuse, dans une robe bleue comme ses yeux, il oublia tout. Elle entourait son cou de ses bras parfumés.

- Henri, vous ai-je fait attendre ? Aimez-vous ma

nouvelle coiffure ? Vous me paraissez bien sombre ...

- C'est notre dernière soirée. Comment ne pas en éprouver de la tristesse ? Mais dites-moi plutôt ce que vous désirez faire, où vous voulez aller.

Elle virevolta dans sa mousseline légère. Puisqu'elle aimait danser, il l'emmènerait danser. A quoi bon parler trop sérieusement ?

A Saint-Germain-des-Prés, dans une de ces « boîtes » fréquentées par les étudiants, Aline se blottit contre lui dans la pénombre. Etourdie, bercée par le rythme, elle en subissait l'envoûtement.

Mais lui, sans penser plus à rien, la tête au-dessus d'elle, promenait son regard sur les couples agglutinés. Il avait le sentiment d'être aussi seul qu'au Sahara ; il y était déjà, en esprit.

Chapitre 7

El Hadj

Inès retrouva son cher royaume avec un sentiment de joie jamais égalé. La vieille demeure des Cheaulnes la possédait toute entière et elle la visita longuement, pièce par pièce, comme si elle y retournait après des années d'absence. Le printemps avait commencé par des pluies froides ; le brouillard montait de la rivière, enveloppait les tours médiévales, on eut dit un château hanté. Un matin, le soleil neuf se glissa, vint illuminer glaces, tableaux et tapisseries. Dans le salon dont les gypceries avaient été récemment repeintes, cette gaieté exaltait le moindre bibelot. Mais dans quelle direction voguait dorénavant ce beau navire restauré ? Il se voulait encore capable de défier les siècles.

Mais Inès savait que le temps viendrait où s'achèverait son œuvre. Les ancêtres d'Edouard dont elle rencontrait les regards aux détours des murs, dans les chambres et les escaliers, l'interrogeaient silencieusement. Tous avaient vécu pour la prospérité du terroir et elle n'avait pas eu de descendance ; avec elle s'éteindrait la dernière flamme. Sa chère solitude lui parut inutile, pleine d'un égoïsme fatal.

Ce soir-là, le couchant glorieux la trouva blottie, méditative dans une bergère. Elle songeait à la fin tragique d'Edouard, un soir, sur une mauvaise route. Ils s'étaient quittés pourtant réconciliés, prêts à reprendre la vie commune, ici-même, loin des brouhahas de la ville qui les avait désunis. Peu de temps après, à peine revenu pour dormir sous sa dalle, il lui avait adressé comme un cadeau posthume, le beau yearling doré, vif comme le feu, à partir duquel le haras était né. Tels avaient été leurs projets, l'avenir qu'ils se voyaient et elle les avait réalisés seule, par son labeur constant, soutenue par une ferveur qu'elle sentait maintenant trop souvent faiblir.

- Bonsoir, belle madame.

Décidément, Stane aimait la surprendre à certains moments, elle ne l'avait pas entendu entrer.

- Vous venez bien ce soir chez les Blondeau ? demandait-il inquiet, enveloppant d'un regard sa tenue négligée, ses cheveux rebelles ; vous vous rappelez qu'ils donnent un grand raout pour inaugurer leur nouvelle demeure qui est superbe à ce que je sais ; je venais vous chercher avant de passer prendre chez lui Bernard qui sera ravi de vous y voir.

Stane, c'était vrai, lui remettait soudain en mémoire cette invitation qu'elle avait acceptée.

- Attendez-moi ici, dans un quart d'heure je suis prête.

Ce qui fut exact, il en parut surpris.

- Cette robe vous va à ravir, Inès, mais pourquoi pas un peu de couleur ?

- Stane, vous le voyez, je suis et je reste la « veuve ... » triste. N'oubliez pas que je suis à moitié espagnole ! Le pays de soleil où je suis née exalte les tempéraments et les passions y sont choses sérieuses ! Auprès de moi, pour vous, la coupe serait bientôt pleine car je suis sauvage dans mes méditations.

- Inès, vous ne ressemblez à aucune autre ...

Elle eut un sourire puis, avec une vivacité charmante demanda :

- Croyez-vous que nous serons très nombreux à cette soirée ? Qui sera là ?

Il s'assombrit aussitôt.

- Mais ceux que vous désirez voir, ma chère, Antoine, bien sûr, qui se languit de vous, Maître je-ne-sais-quoi, le nouveau notaire, les Davez, les ...

- Bah ! Qu'est-ce que vous me chantez là ! Ce sont tous de bons amis, voilà.

Il était plus de deux heures du matin lorsque Stane la déposa devant le perron. La nuit profonde entourait le château. Stane coupait le moteur, lui prenait la main, la portait longuement à ses lèvres.

- Antoine ne vous a pas quittée de la soirée, je l'ai vu très attentif, il est clair qu'il n'a pas désarmé, lui non plus, et qu'il continue à faire le siège de votre aimable personne, persuadé qu'il obtiendra, un jour, droit d'asile dans votre cœur.

- Stane, vous avez tous place en mon cœur, répondit-elle en soupirant, je vous en supplie, ne me parlez pas un autre langage que celui que je désire entendre ... pour le moment.

Antoine Blondeau n'avait cessé de la complimenter. A la faveur d'un aparté, dans les bosquets du joli parc, il lui avait ni plus ni moins demandé de l'épouser. Son intention, ses sentiments pour elle, étaient certainement authentiques bien qu'elle en eût longtemps douté.

Stane la raccompagna jusqu'au seuil de son perron, s'inclina silencieusement.

- Bonsoir, Stane, merci d'être là, d'être mon ami quand même.

Sa grande demeure reposait dans l'obscurité. Le

silence y régnait et elle monta gravement dans sa chambre. Sa chienne dormait près du lit, sa chatte dans le fauteuil et elles s'éveillèrent pour l'accueillir. Elle s'allongea bientôt sous le baldaquin monumental.

A la frange du sommeil, une image floue se précisa puis s'imposa si fortement qu'elle ouvrit les yeux, battit des paupières. C'était le mâle visage du capitaine Schueller et elle lui sourit, entendit sa propre voix.

- Quand viendrez-vous à Cheaulnes ? On vous y attend ... Tous nous serions heureux de vous y voir ...

Puis la saison s'avança, s'adoucit. La forêt se mit à tressaillir, des fleurettes blanches jaillirent des feuilles mortes, la sève montait dans les troncs puissants, faisait éclater les bourgeons. La lumière vive entrait dans le boudoir qu'Inès s'était aménagé dans la tour ; les murs blanchis à la chaux, avait une meurtrière garnie d'un vitrail qui dispensait des couleurs. C'était un endroit propre à la méditation, à la prière. Une Vierge primitive, peinte sur bois, voisinait un crucifix espagnol d'un bel ouvrage. Un coffre ancien de Cordoue recelait ses papiers, des dossiers, un prie-Dieu de tapisserie se tenait proche d'un petit bureau, un bonheur-du-jour incrusté de nacre dont l'ébène tranchait sur la blancheur.

Elle s'agenouilla sur la tapisserie fanée qu'une main experte d'une ancêtre d'Edouard avait faite et qui représentait le blason de sa famille, désormais éteinte. Ecu gironné d'or, surchargé d'une traverse de vair. Puis elle chercha, ce matin-là, dans un de ses tiroirs à fond secret, la lettre de l'officier pour la relire. L'écriture, rapide, volontaire, trahissait, en dépit de sa fermeté, les affres d'une faiblesse physique qui permettait à une obscure détresse d'apparaître. Blessé, cloué sur un lit d'hôpital, il contait comment, victime d'un guet-apens, il avait été atteint par une arme blanche tout près de l'abdomen, il aurait pu être tué. Il revenait tout juste d'une dure opération aux alentours des mines de Bir-el-Ater et malgré sa réserve d'homme de guerre, il évoquait la France avec nostalgie, tout un monde d'arrière-pensées se cachait derrière la banalité voulue des mots. L'idée qu'il pouvait y avoir en lui un conflit secret l'affligea tout à coup. Elle se demanda comment répondre à cette missive afin de le réconforter, de l'aider. Assise devant sa page blanche, elle hésitait, timide subitement comme une jeune fille.

« Suis-je en train de m'éprendre d'une image ? » se demanda-t-elle inquiète, « ce serait du dernier ridicule ... ». Elle avait toujours été incapable de s'appesantir longuement sur elle-même. L'aspect déprimant de la complaisance en soi l'avait toujours rebutée ; elle l'effrayait, car le regard que l'on pose sur la chair, la dépouille bientôt de son illusion, derrière sa beauté et la jeunesse, se devine trop vite la promesse de la tombe. Lasse, elle soupira et pria Dieu de lui inspirer des phrases simples où elle mettrait les chauds élans de son cœur, de sa vive amitié compatissante. Il lui sembla dialoguer ; « venez donc ici achever une convalescence totale, loin des remous de la ville, des soucis, même des personnes trop proches et trop chères auxquelles on désire éviter certains silences nécessaires pour se ressaisir et se déterminer ... » Inès fit au fil de sa plume une peinture charmante et enthousiaste de son royaume qui, à l'approche de juin, se parait de verdeur, de fleurs, de fruits neufs, de jeunes animaux. Elle signa de son paraphe clair, volontaire, et rédigea l'adresse.

A peine revenue de ses courses, Ali l'assaillait, très

pâle derrière sa peau basanée.

- Kahina, madame, ça va pas, ça va pas, il faut appeler le vétérinaire !

Dans son box, la petite jument souffrait visiblement. Ses grands yeux de biche, exorbités, roulaient et on eut dit que des larmes en coulaient. Ses flancs rebondis haletaient, elle s'était allongée sur la paille toutes jambes déployées, incapable de se relever.

- Il faut que Langlois vienne tout de suite !

Une immense détresse l'assaillit tandis qu'elle courait vers le téléphone. Inès voyait tout le péril, la mère et son poulain risquaient de mourir. Un tel malheur devenait soudain le sien. Ali fut surpris, ému, de la voir revenir en pleurant, de se pencher sur les naseaux brûlants de fièvre et de les caresser avec un très grand amour.

Bientôt là, Langlois confirma que l'animal avait les reins bloqués et que le poulain, presqu'à terme, s'en trouvait menacé. Le souffle court et rauque de Kahina épouvantait, elle suppliait du regard et redressait difficilement la tête. Le vétérinaire fit une piqûre mais ne se prononça pas, il verrait, dit-il, si l'état devenait meilleur, s'il procéderait à une mise-à-bas plus tôt. Il promit de revenir le soir même.

Inès oublia de manger ; annula ses rendez-vous, se blottit sur la paille à côté de sa jument guettant ses moindres mouvements. La main posée sur sa tête, elle caressait doucement les oreilles et murmurait des mots tendres. L'amour et la douceur font merveille sur les êtres souffrants qui captent, pour lutter, ces ondes bénéfiques, et, au soir, la jument montra par ses efforts qu'elle voulait se remettre debout puis, une fois parvenue à le faire, urina longuement. Inès pensa qu'il y avait miracle, elle en sautait de joie, embrassait Ali.

Langlois fut très content de lui. Son diagnostic avait été bon, ses soins efficaces. La paralysie lombaire avait cédé mais la pauvre bête, épuisée, montrait une subite maigreur.

- Attendez deux jours pour la remettre au pré. Elle mettra bas plutôt que prévu et je veillerai à ce que ce ne soit pas dans plus d'une semaine.

Dès le radieux dimanche, puisqu'elle se portait nettement mieux, qu'il faisait vraiment beau et doux, Inès la fit sortir pour la mettre au vert quelques heures.

On était dans les premières chaleurs de mai. Dans son petit enclos en bordure de chemin, Kahina somnolait sous l'ombrage d'un pommier. Inès se réjouit de la voir tranquille, mâchonner quelques herbes et s'en revint à son bureau. Il y avait là des dizaines d'enveloppes, un immense courrier l'attendait. Parmi toutes ces lettres, une seule retint aussitôt son attention, elle venait de l'Armée, de l'Algérie. Enfin la réponse attendue ! Depuis des semaines qu'elle avait écrit lui semblait-il. Il allait mieux, beaucoup mieux, et il s'apprêtait à reprendre du service, espérait en avoir les moyens. Auparavant, une longue permission lui était accordée au moment des fêtes de la Pentecôte et il acceptait son aimable invitation, pour deux jours.

Depuis des années elle ne s'était sentie si contente.

Elle remercia le Ciel de cette neuve amitié qui lui était offerte et relut la lettre avec joie. Il ne mentionnait pas l'échéance sans doute proche de son mariage, la date devait en être reculée jusqu'à sa parfaite convalescence, pensa-t-elle. Il n'avait guère été disert là-dessus lors de leur première rencontre à Paris où il lui avait fait simplement entendre qu'il songeait à fonder un foyer. A la faveur de son prochain séjour, il en dirait sûrement davantage et parlerait plus de lui.

Dès lors, tout prit pour elle un relief nouveau. Elle se remit à voir des amis et les considéra sous un jour différent. De la fenêtre de sa chambre, elle se surprit souvent rêveuse à contempler le paysage familier, elle aimait infiniment la courbe de ces vallons, de ces coteaux, des peupliers au bord de l'eau, de ces bois lointains qui dessinaient l'horizon. A présent, le domaine vivait, prospérait même. Edouard qui ne croyait pas sa résurrection possible s'en étonnerait vraiment. Fermiers et métayers lui faisaient confiance. Elle les avait convaincu de ne pas céder à la frénésie du rendement, de ne plus maltraiter les sols, car certains cultivateurs auraient bien volontiers inversé l'ordre des saisons. Il avait fallu les persuader de ne pas croire à la publicité abusive qui promettait un gain facile et fit appel bien souvent à leur bon sens inné. Elle leur avait fait prendre conscience de l'immense pouvoir qu'ils avaient entre leurs mains. Cela ne s'était pas fait aisément, guider l'évolution du monde moderne sans briser les habitudes ancestrales nécessitait beaucoup de doigté car elle était pour eux, malgré tout, l'étrangère. Parfois, elle en avait ressenti comme une peine profonde ; à quoi bon ce souci de pérennité ? N'était-elle pas un dernier fleuron inutile ? Personne ne la suivrait dans la tombe lorsqu'elle viendrait dormir auprès d'Edouard.

Kahina prit un vif plaisir à brouter l'herbe tendre. Le soleil chauffait ses reins guéris où le poids du poulain se faisait sentir bien lourdement. Mille fleurs odorantes, croquantes, fondaient dans sa bouche. Repue, elle revint faire une sieste sous le pommier dont les fleurs bourdonnaient d'abeilles. Rêvait-elle ? Il lui semblait voir des images floues de désert, des crêtes rocheuses, abruptes, des sentiers dangereux où il ne fallait pas perdre pied. Une sensation connue de poids, de fatigue, d'effroi, la soulevait parfois d'un sursaut. Son éveil, cette fois, fut brutal, le poulain lui avait donné un coup vigoureux et elle demeura aux aguets de cette vie en elle. Un instinct l'alertait qu'il lui fallait se préparer à mettre bas. Elle se rapprocha de la barrière, la poussa plusieurs fois de la tête. Une subite douleur l'empêcha d'hennir pour prévenir qu'elle voulait rentrer à l'écurie. Personne ne venait sur le chemin, il était encore trop tôt pour qu'Ali songe à la ramener. Une nouvelle alerte plus précise la fit revenir sur ses pas, traverser son pré limité en contre bas par la rivière peu profonde que l'étalon n'avait pas hésité à franchir deux fois pour la séduire. Elle s'y enfonça avec bonheur, l'onde fraîche calmait. Sur l'autre rive, l'herbe dense abritait des essences plus sauvages, de celles qui poussent en bordure de bois, reines-des-prés parfumées, longs bouillons mauves, myosotis d'un bleu intense. Les bœufs qui paissaient là levèrent leurs mufles étonnés. Elle ne pouvait rester en leur parage, il lui fallait la solitude, la sécurité. La forêt commençait toute proche, il y avait comme une brèche dans la bouchure qu'elle élargit à son gré, se frayant un passage difficile jusqu'à la futaie des grands arbres, chênes et hêtres, dont les hautes branches formaient comme une voûte, où mille oiseaux chantaient, s'interpellaient.

Kahina s'enfonça plus loin, à la recherche d'un sol plus mou, d'un abri plus secret. Sans le savoir, elle empruntait la sente des biches et gagna les branches basses des châtaigniers qui entouraient une petite clairière où les feuilles avaient fait une bonne litière sèche.

Elle était arrivée dans le sanctuaire de ce temple où se célèbrent les rites éternels. Il y avait aussi un tapis d'herbes lisses, fines et brillantes, d'une fraîcheur sans pareil. Cette petite chambrette avait vu naître des faons. Kahina s'y allongea rompue, épuisée, après avoir bu l'eau de pluie contenue dans une vieille souche. Son souffle, comme une plainte, éveillèrent bientôt une vieille chouette qui s'envola lourdement. La gente ailée s'empressa d'avertir toute la forêt qu'un événement se préparait, il y eut comme un étrange silence des oiseaux. Pourtant, ici, nul fauve à redouter, le petit pouvait venir sans risque dans la quiétude des bois, les écureuils, les lapins, l'accueilleraient comme un des leurs.

La robuste nature de Kahina lui permit de mener à bien-seule la venue au monde de son poulain. Elle subit son épreuve avec patience, méthode, rythmant d'instinct ses efforts et sa respiration. Une pie curieuse assista au déroulement pour en commenter tout l'entourage. Le petit arriva tout d'un coup et demeura quelques instants inerte avant d'essayer de se mettre sur ses jambes ; elle se releva aussitôt pour l'aider et trancher de ses dents le lien de vie qui le retenait encore à elle. Il tremblait tandis qu'elle léchait sa robe hirsute et ne tarda pas à chercher à se blottir sous elle pour retrouver sa chaleur, son abri. Un coucou, un rossignol se répondirent saluant la venue du soir et la forêt, au crépuscule, s'éveilla de tous côtés. Biches et faons, suivant d'invisibles layons, gagnèrent les étangs puis revinrent paître dans les clairières où les garennes dansaient la ronde .

La nuit était presque close que de lointains aboiements en troublèrent la sérénité. La lune montait audessus des ramures et sa lumière glissait entre les troncs de la futaie. Kahina dressa l'oreille. Ces clameurs, ces voix d'hommes qui s'entendaient répétaient son nom, celui-ci résonnait comme celui d'une déesse sylvestre que l'on aurait invoquée aux temps anciens. Elle se souvint qu'elle avait toujours répondu à l'appel de l'homme ; depuis les hauteurs de l'Aurès, il l'avait obligé à lui répondre.

Les flancs, encore meurtris, exprimèrent alors un long hennissement, plein de vie et de joie, qui traversa la forêt silencieuse et les bêtes sauvages surent qu'il fallait s'écarter, qu'elle allait les quitter pour retrouver son compagnon, son ami, son maître.

Eperdue d'émotion, Inès contemplait le poulain qui tétait sa mère. Il avait hérité de la belle robe feu de son père, une bande blanche dessinait sa courte tête depuis les oreilles jusqu'au nez, trois balzanes gainaient ses jambes, « un vrai cheval de roi ! » s'exclamait Albert.

Le vétérinaire le jugea parfait après un examen minutieux. La mère aussi ne semblait pas plus mal après cette naissance impromptue et sauvage. Langlois finit par donner l'assurance qu'ils étaient tous deux en bon état.

- Ma pouliche est vraiment curieuse ! s'était écriée Inès devant lui, j'ai eu bien peur de la perdre. Déjà elle a voulu se marier sans mon consentement, maintenant elle a mis bas en cachette ... Cette jument est ensorcelée. Elle m'a conquise par ce caractère d'indépendance, parfois je me demande si mon vieux Paquito, le gitan, n'avait pas raison ; il verrait bien en elle ce cheval blanc, enchanté, qui devait, un jour, revenir dans ma vie.

Boyard restait à l'écoute de ses compagnes.

Sa blanche épouse du désert ne l'appelait jamais. Toute à sa maternité, elle ne trouvait son bonheur qu'à folâtrer dans les hautes herbes avec son poulain. Les autres juments ne l'acceptaient pas vraiment, Kahina disposait pour elle et son fils d'un pré à part, bien clôturé.

L'étalon, au faîte de sa gloire et de sa puissance, se croyait le maître absolu dans son royaume, sa lignée peuplait les écuries et il ignorait que sa souveraineté allait lui être contestée car l'on préparait le box de son rival d'Auteuil, le grand Royal Blue dont il n'avait guère supporté les prétentions. Inès en effet, après une transaction avec Lord Heretford, avait acheté le cheval, trop âgé maintenant pour affronter les grandes compétitions mais encore performant pour le haras. Heather fit donc le voyage d'Irlande avec l'animal et elle arriva un soir, conduisant le van, toute heureuse de passer un bon moment chez son amie. Le doux soleil d'Aquitaine éclairait la façade du château.

Royal Blue était bien impatient de se dégourdir. L'étalon irlandais venait d'entrer dans sa neuvième année et se montrait superbe. Il trotta joyeusement dans la cour, les narines dilatées, la crinière au vent tandis que Luigi maintenait la longe. Le lad pensait que ses saillies donneraient beaucoup de valeur à ses produits et il s'empressa, une fois toiletté, de lui servir une bonne ration d'avoine et de foin plus une orange dont il raffolait.

- Son caractère est vif et plutôt capricieux, dit Heather à Inès qui regardait son acquisition.

- Nous le mettrons seul au paddock pour commencer, il s'habituera vite à sa nouvelle demeure.

Debout contre les balustres, Heather admirait la vue.

- Quel paradis vous habitez, Inès ! John est vraiment navré de ne pouvoir venir mais il m'a permis cette séparation tant j'avais envie de vous revoir. Il est en admiration devant votre sens des affaires, de la manière dont vous gérez votre domaine avec ces vins, maintenant, qui sont très bons, et il s'y connaît ! Edouard ne se doutait nullement de vos dons lorsqu'il vous a épousée.

Pour la première fois depuis des années, Heather trouvait son amie changée. Elle avait une certaine gaieté dans le regard, dans le sourire.

- Heather, suivez-moi, je vais vous montrer quelque chose.

Les deux jeunes femmes descendirent vers la cour des Communs, vers l'extrémité des écuries réservées aux récentes poulinières. Kahina, dans son box, léchait doucement son héritier repu qui somnolait contre elle.

- Quel amour ! Qu'il est beau !

- Il a un mois à peine, c'est le fils de Boyard et de cette arabe. Je l'ai nommé El Hadj, qui veut dire « pèlerin » car c'est un harki qui s'occupe de Kahina. Il vient d'Algérie comme cette jument ...

- Voilà une belle histoire !

- Oh, je n'ai fait que de lui éviter une fin misérable ! Je vous raconterai tout le mal que j'ai eu pour la faire venir de là-bas. Dans quelques jours vous rencontrerez l'officier qui me l'a donnée. Kahina est ainsi devenue l'orientale épouse de mon cheval préféré, lequel a pour elle une affection particulière car, le croiriez-vous ?, il ne cesse de la demander et c'est bien elle qu'il veut car quand il l'aperçoit, de loin, il devient fou, se cabre, ferait n'importe quoi pour la rejoindre.

- Quel roman vous faites Inès ! Comme c'est touchant ! Charmant ! Vous devriez écrire cette idylle, pour les enfants ...

- Quels enfants, Heather ? Les vôtres ...

Le visage d'Inès était devenu triste et afin de faire diversion, la rousse Irlandaise se détourna vers les autres stalles, caressa chacune des têtes qui se présentaient, en prononçait les noms. Boyard était loin, au fond, elle admira l'alezan qui guettait avec tant d'impatience l'approche d'Inès, dressait les oreilles à l'écoute de sa voix, grondait de temps à autres de façon coléreuse et s'agitait beaucoup sur sa paille.

- Il est jaloux. Il a déjà senti la présence de son rival et cela ne lui plaît pas.

A la nuit tombante, une fois pris un léger dîner, elles firent toutes les deux quelques pas dans l'allée, sous le couvert des hêtres qui, à l'automne, faisaient une véritable cathédrale d'or. Inès était redevenue enjouée, et raconta avec verve les aventures guerrières de sa petite jument, perdue dans l'Aurès, sauvée par un officier qui ne voulait pas la rendre au désert. Une fois dans sa chambre, Heather se prit à sourire en repensant à toute cette charmante histoire.

Décidément, son amie l'intriguait.

Royal Blue mit plusieurs jours à s'habituer à son nouveau logis. L'étalon, un bai brun à la robe foncée et brillante comme une châtaigne débarrassée de sa bogue, entendait le doux halètement des juments proches qui l'émouvaient beaucoup. Il leur lançait de vigoureux défis qui vinrent surtout heurter les oreilles de Boyard. Les deux chevaux se répondaient alors avec fureur avec des accents caverneux, d'une rauque agressivité. Albert s'en amusait mais les lads avaient parfois de la peine à les maîtriser. Cette irascibilité venait aussi de leur claustration forcée. Il fut décidé de les mettre au vert, bien à l'écart l'un de l'autre, et loin des poulinières.

Sitôt sorti, Royal Blue montra une vive impatience à caracoler. Il se cabra plusieurs fois pour échapper à sa longe qui lui commandait de rester calme ; mais il battait des antérieurs, ruait, décochait de mauvaises croupades. Luigi finit, avec l'aide d'Ali, par lui imposer d'obéir et il le conduisit par le chemin au pré vide qui l'attendait.

C'est au détour du tournant, que Royal Blue aperçut Kahina ; elle se tenait proche de sa barrière. Il se mit à hennir pour la provoquer, la jument ne connaissait pas ce nouveau venu dont elle percevait souvent les accents et elle lui répondit, en signe de bienvenu, par une sorte de petit râle. Trop aimable, sans doute, au goût de Boyard qui, de loin, n'en perdait pourtant rien, conscient de ce que son rival avait droit de sortir et de voisiner les juments. On l'avait attaché pour sa toilette et Albert avait déjà commencé le pansage quand, subitement, il se cabra, rompit sa corde et partit au grand galop dans le chemin.

L'alezan ne fut pas long à rejoindre le bai, la fureur décuplait ses forces et il sauta la bouchure avec désinvolture. Promptement face à l'ennemi, il le défiait, debout, les yeux hors de la tête. Royal Blue n'eut que le temps de se retourner avant de recevoir un coup meurtrier à l'épaule. Boyard voulait le faire vaciller, le mettre à terre, et il chancela, en effet, sous la violence d'un nouveau choc mais reprit assez vite son équilibre pour se ressaisir et se défendre. Ils écumaient tous les deux, leur bave se mélangeait, car ils cherchaient à se donner les plus méchantes morsures.

La rage de se battre, si longtemps contenue, explosait avec une violence rare. Ces superbes animaux, bien mal armés par la nature pour s'affronter vraiment dans des combats meurtriers, cherchent surtout à jouer de l'intimidation au prix de quelques écorchures et la mise à terre revêt aux yeux des femelles une défaite symbolique ; le spectacle avait donc quelque chose de dérisoire et de magnifique, ils ressemblaient tous deux, à ces peintures de Géricault dont les chevaux aux yeux exorbités ont une puissance peu commune. Leurs muscles saillaient sous les robes trempées que balayaient des crins échevelés. Ils se bottaient si sauvagement, qu'il était inutile de vouloir les séparer. Le sang finit par maculer leurs poitrails et Luigi, épouvanté, levait des bras impuissants. Enfin Boyard réussit à faire reculer son adversaire sur la déclivité du terrain et d'une poussée de l'épaule le voyait s'écrouler de tout son poids.

La scène s'était déroulée si rapidement qu'Albert n'en vit que la fin. Il se précipita au côté de Luigi et d'Ali pour séparer définitivement les deux mâles et voir Royal Blue. Celui-ci gisait sans pouvoir se relever et ses yeux roulaient de désespoir. Il avait l'antérieur droit brisé.

Heureusement une fracture propre que le vétérinaire put réduire. L'étalon, désormais hors concours, pouvait s'en remettre.

Mais Inès en fut très frappée. Boyard avait bien mauvais caractère, il était par trop exclusif.

- Ah ! vous pouvez vous vanter d'avoir deux compères au sang vif ! lui dit Stane pour la consoler.

Il était venu partager le dîner des deux jeunes femmes.

- Chassez le naturel, il revient au galop, c'est le cas de le dire ! Mais Inès dompterait des tigres, ajouta-t-il. Je suis sûr qu'ils n'auraient pas broncher l'un et l'autre au seul son de votre voix !

- Cet homme vous admire beaucoup, Inès, lui déclara Heather dès que Stane fut parti, vous aimerait-il en secret ?

Mais pour toute réponse, elle haussa les épaules. Heather n'osa guère insister.

A l'approche de la Pentecôte, le temps d'abord maussade, redevint radieux. Une brise délicieuse courbait les près dont les hautes herbes n'avaient pas encore été fauchées, poulains, veaux et agneaux s'y dissimulaient. Avant la fin de la semaine Inès fit préparer sa plus belle chambre ce qui fit sourire Heather car c'était celle qu'occupait Edouard lorsqu'il venait. Il est vrai qu'avec ses deux hautes fenêtres sur les terrasses, deux autres sur le parc, ses majestueuses tentures et tapisseries, ses meubles et tableaux, cette pièce pouvait servir de repos à un roi.

En dépit de l'accident survenu à Royal Blue, Inès ne se départissait pas de sa belle humeur.

- Heather, vous ne pourrez pas participer au concours hippique avec votre ancien étalon, c'est bien ennuyeux pour vous, moi qui vous ai inscrite pour les épreuves ... Mais je vous propose de vous entraîner sur ma petite jument, elle est très docile et je m'amuse parfois à la faire sauter, elle y a pris goût et se laissera guider sans réticence. De plus, comme le capitaine Schueller sera là ; il aura plaisir à voir sa protégée mise en vedette, même si elle ne remporte pas de prix.

L'Irlandaise avait bien saisi la légère altération de la voix. A n'en pas douter Inès portait un intérêt au visiteur, mais lequel précisément ? Elle aimait chaleureusement tous ses vrais amis et elle mettait feu et passion pour les uns comme pour les autres. On ne pouvait rien en déduire.

Dans l'après-midi, Heather sella Kahina et fit avec elle un long entraînement. Très satisfaite de sa journée, elle se plut à l'étriller, la panser, la nourrir. Elle la rendit à son poulain qui tendrement vint frotter son nez contre elle. Le gentil animal finit par admettre la caresse d'Heather. Kahina le regardait en cillant, contente, et elle en soupirait de bonne amitié pour la jeune femme qui l'avait occupée dans la carrière.

- Il me semble que si tu pouvais parler, tu aurais quelques confidences à me faire sur ta patronne, n'est-ce-pas ?

Pour toute réponse et comme si elle acquiesçait, Kahina hocha plusieurs fois de la tête.

Chapitre 8

Inès

Le car vint s'arrêter devant l'église, sur la place. Après avoir visité Périgueux, ce porche roman l'invitait encore à découvrir une nouvelle merveille. Quelle douceur sur la terre de France ! Avec des yeux neufs, le capitaine s'extasiait sur tout : la verdeur des prairies, des bois, la courbe des coteaux, les méandres des rivières. Il avait oublié comme il était apaisant de voir du bétail aux champs et ce village lui parut calme et charmant.

- M'sieu le capitaine Schueller ?

- Lui-même.

Une voiture l'attendait, vieille traction-avant guère luxueuse que conduisait le jeune Marcel, petit-neveu d'Albert, qui s'occupait des chais au château. La route qu'il prit épousait la mollesse du vallon et un air frais entrait par la vitre.

- Ce pays est fort beau, murmura-t-il.

Marcel lui jeta un œil dans le rétroviseur.

- Il n'y fait pas mauvais vivre, c'est vrai.

La voiture monta, prenant d'assaut le plateau où des cultures s'étalaient au soleil. Marcel fit halte chez des cultivateurs auxquels il devait remettre une enveloppe et pendant ce temps l'officier repensa aux événements de la veille. Sa mère dont la santé avait souffert durant son séjour à l'hôpital, ne lui avait pas caché sa déception de le voir s'absenter pour les fêtes de la Pentecôte, non seulement d'elle, mais surtout d'Aline, sa fiancée.

Une telle attitude l'attristait et elle lui avait avoué que depuis sa grave blessure dont il boitait encore, il fallait reconnaître un changement en lui.

- Je resterai quelques jours auprès de vous, lui avait-il dit en arrivant alors qu'elle l'étudiait toute à son bonheur de le revoir, puis je m'en irai vendredi et vous aviserai de mon retour.

- Tu pars sans doute dans le Midi, Aline m'a téléphoné qu'elle y serait cette semaine pour au moins trois semaines, ah ! je serai vraiment ravie quand vous aurez décidé la date de la cérémonie.

Elle n'avait pas osé insister davantage puisqu'il s'obstinait à garder le silence.

- Mais enfin, Henri, tu n'es donc plus si pressé de la revoir ? s'était-elle risqué à demander visiblement intriguée. A ton âge, a-t-on besoin de tant de recul ? Tu ne pourrais continuer ainsi semblable jeu sans manquer à la droiture ...

- Ma pauvre mère, n'ayez pas tant de soucis, la vie n'est pas si simple, Aline croit encore aux contes de fées et je ne suis pas le Prince Charmant, ma solde va s'améliorer, certes, mais ...

- Est-elle tout de même pour toi, toujours ...

- Oui, bien sûr, il me faut me remettre ...

Il n'avait osé, à son tour, lui dire combien sa blessure l'avait atteint, non seulement de corps ce qui n'était rien encore, mais surtout d'âme.

- Non, je pars seulement en Périgord deux ou trois jours à ce moment de la Pentecôte où il y aura, je le sais, beaucoup de monde au mas. Aline y a convié des amis, je la rejoindrai plus tard.

Le visage maternel s'était rasséréné.

Après avoir traversé un bois d'épais taillis, la voiture bifurqua brusquement et, au loin, dominant la vallée, le château apparut éclairé par la lumière du soir. Marcel s'engagea bientôt dans l'allée cavalière, majestueuse, ombragée, puis s'arrêta devant le perron.

- Mon amie, Madame de Cheaulnes, m'a prié de vous dire qu'elle s'excusait beaucoup de son retard et m'a demandé de vous faire l'honneur de sa maison.

L'accent, plaisant, seyait à la gracieuse personne, il se sentit ravi. Après l'éblouissant soleil, le hall livrait sa pénombre où les beaux trophées de vénerie témoignaient du passé glorieux de Cheaulnes. Elle le précéda dans la bibliothèque, plus claire, où les lambris de chêne sentaient le miel, le vieux cuir. Il fut invité à s'asseoir près de la cheminée dont le manteau élevé soutenait une fort belle pendule et des photographies ; la jeune femme revint avec un plateau de rafraîchissements ; la pièce, décorée de bouquets odorants, lui sembla magnifique.

- Vos bagages sont dans votre chambre et je vous y mènerai dès que vous le voudrez, mon amie sera de retour pour le dîner qui est toujours à sept heures et demie et nous nous retrouvons ici auparavant.

Il fut très content de cette opportunité qui lui permettait de se situer, de se ressaisir. Sa chambre sentait la cire, les vieux meubles. La grande allure du décor l'impressionnait. Il vit le lit en alcôve, sous le plafond de solives peintes, tout lui parut princier. Il s'était tout de suite mis à parler chevaux avec la jolie Irlandaise, il débordait d'euphorie.

- Bonsoir, capitaine, comme c'est aimable à vous

d'avoir accepté de venir jusqu'ici ! Ce coin perdu !

Souriante, elle lui tendait les mains et il fut enchanté de revoir une personne qu'il avait découverte dans une tenue sombre se montrer tout à coup dans une simple robe champêtre.

- Madame, je ne pensais pas vraiment la chose possible et puis, voyez, je suis là, grâce à Dieu.

- Oui, en vérité, grâce à Dieu, répéta-t-elle gravement.

La gêne de sa boiterie ne lui avait pas échappée.

Dans la salle à manger, un rayon oblique jouait sur les vieilles faïences au mur, et la cheminée blanche éclairait les lambris.

Le repas, sobre et excellent, lui permit de juger les talents potagers de la maîtresse de maison qui s'intéressait presqu'autant à ses légumes qu'à ses vins. Ceux-là, servis en carafe, gouleyants à souhait, décuplèrent sa bonne humeur et il se plut à raconter mille amusantes anecdotes qui peignaient bien la dureté ordinaire de sa vie au désert.

- Vous sentez-vous l'envie de visiter dès ce soir les écuries, capitaine ? Votre protégée vous y attend et vous réserve une touchante surprise.

Ils traversèrent gaiement la beauté des jardins et il se demanda si son hôtesse était bien consciente de son privilège de vivre en un lieu aussi admirablement composé des plus grands charmes de la terre ; il lui avait semblé deviner en elle une sourde tristesse, les meilleurs biens du monde ne remplissent pas les abîmes du cœur et il se pouvait que son veuvage fut pour elle une profonde blessure.

- Tout ce que vous voyez ici, lui dit-elle comme si elle avait deviné sa pensée, est le fruit d'une lente résurrection. Il y a entre cette demeure et moi toute la tendresse qu'une femme peut avoir pour un enfant adopté après un abandon. Les plaies les plus vives sont désormais pansées, il reste encore à faire pour que tant d'efforts produisent des fruits durables.

D'un regard aimant, presque passionné, elle enveloppait l'édifice cerné par la lumière du crépuscule. Dans les écuries, à l'odeur familière, Ali était là, il l'attendait, certain qu'il viendrait voir sa princesse Kahina. Emus, ils se jetèrent dans les bras l'un de l'autre :

- Je savais que tu viendrais ... Je serais pas monté avant de te revoir ...

Des larmes humectaient les yeux du jeune harki, il se détourna pour les cacher et le précéda vers le box de la pouliche au fond ; Kahina redressa la tête, pointa les oreilles, cette voix, elle la reconnaissait, elle résonnait de loin, dans les replis de sa mémoire.

- Kahina ! ! Princesse ! !

Inès vit bien qu'une grande joie illuminait le visage de l'officier, il essayait de ne pas paraître plus touché qu'il ne fallait, sans mot dire, il caressa le chanfrein qui se tendait, gratta derrière l'oreille amicalement et constata tout de suite sa robe lustrée, saine, l'éclat de ses prunelles.

Puis le poulain, dissimulé dans la paille, se leva et se rapprocha en titubant.

- Par exemple ! Le gentil animal ! C'est une réussite ! s'exclama-t-il tout joyeux.

- Voici El Hadj, né ici, à Cheaulnes, mais dans la forêt, comme un faon, lui dit-elle en riant. Kahina ne fait rien comme les autres.

Ali s'amusait aussi maintenant des frasques de sa jument. Depuis qu'Inès avait fait de lui son grand étalonnier, il ne se sentait plus de joie, sa passion des chevaux l'occupait tout entier. Heather, à l'écart, allait d'un box à l'autre puis s'arrêtait devant Royal Blue, nettement en meilleure forme.

- Mon amie irlandaise est une cavalière confirmée, lui dit Inès, vous aurez le plaisir de la voir lundi à notre concours annuel régional qui n'est pas d'une très grande difficulté, elle s'entraîne toute la journée sur Kahina.

Une fois seul dans sa chambre, allongé dans son lit, Henri se sentit heureux. Il ne pensait plus à rien de précis, se laissait vivre tout bonnement. Au cours du dîner, il avait un peu parlé de la guerre en Algérie, il avait laissé entendre qu'il ne voyait pas l'avenir prometteur.

- Je vois que vous êtes plutôt pessimiste, lui avait dit Inès, ce doit être assez pénible pour un soldat de constater tous ces déchirements auxquels il ne peut pas grand'chose. Avec ces guerres dites « coloniales » c'est tout un monde qui s'effondre ...

Elle n'avait pas voulu prolonger sur un sujet aussi délicat et sombre. Elle lui avait seulement lancé un long regard triste, plein de commisération intelligente et une profonde émotion s'était répandue dans son âme. Puis elle avait changé de sujet, afin de garder au repas ce ton enjoué qu'il avait pris dès le début.

Dès l'aube, il fut à sa fenêtre. Après une nuit tiède, la brise soulevait les rideaux ; le petit jour s'insinuait autour de lui, entre le bois des volets intérieurs qu'il ouvrit délicatement, sans faire de bruit. Une très vaste salle de bains communiquait avec la chambre. Il prit plaisir à s'occuper par une bonne douche. Une fois prêt, que faire ? Il était bien trop tôt pour descendre et il ouvrit une fenêtre pour admirer les grands arbres pleins d'oiseaux gazouillants. Il fut assez surpris d'apercevoir son hôtesse qui coupait déjà des fleurs, désherbait autour des parterres. Elle était habillée d'une simple salopette, avec de robustes souliers de cuir, faciles à ôter. La voyant si bien absorbée dehors, il en profita pour sortir sur le palier, longea jusqu'à l'escalier la galerie où l'on voyait de nombreux portraits qui continuaient de meubler la courbe descendante du mur. Il put ainsi gagner rapidement le seuil de la chambre de la jeune femme dont la porte était restée ouverte. D'un coup d'œil, il en vit les murs blancs, sur lesquels brillaient les ors des peintures, il fut frappé par ce dépouillement bien espagnol, austérité grandiose digne d'une héritière de l'Escorial. Puis il descendit assez vite dans la bibliothèque, inspecta plusieurs volumes ; choisit un ouvrage relié d'une grande beauté qui sentait un peu le moisi ; un crissement du parquet le fit se retourner, elle entrait les bras chargés de fleurs.

- Comme vous êtes matinal ! s'écriait-elle ravie. Peut-être les oiseaux vous ont-ils réveillé, venez donc avec moi prendre le petit déjeuner.

Après avoir disposé ses bouquets à son gré, ils se retrouvèrent bientôt face-à-face dans la salle à manger où elle apporta elle-même café et toasts chauds. Quel meilleur repas que celui-là ! Il se jeta littéralement sur les tartines pour lesquelles étaient prévus des échantillons de confitures et du miel si parfumés qu'il ne savait lequelle prendre.

- Grâce à votre amabilité, madame, finit-il par dire confus, j'oublie ici totalement la réalité de ma vie, la guerre et l'avenir ... Celui-ci me préoccupe beaucoup, il me faut prendre tant de graves décisions ... Quitter l'Armée, peut-être, ce qui n'est pas sans déchirement pour moi. Je garde confiance que je discernerai, malgré tout, ma voie. Pour l'instant, je n'abandonne pas ma tâche en Algérie, je vais y retourner prochainement car ma santé est rétablie.

Inquiète, soudain, Inès le regardait avidement.

- Ne m'aviez-vous pas laisser entendre que vous aviez le projet de vous marier ?

Il ne répondit pas et une subite rougeur envahit ses traits.

- Je n'ai rien encore décidé ..., s'entendit-il mentir comme à son insu.

Il en éprouva aussitôt de la rancune contre lui-même et toussa furieusement. Elle comprit qu'il était mal venu de pousser plus loin une telle enquête et lui proposa de faire une promenade à cheval dans le clair matin. C'était une idée merveilleuse et il accepta de mettre une tenue qui avait appartenue autrefois à Edouard.

Celle qu'elle portait, lorsqu'elle le rejoignit, lui sembla des plus seyantes. Sur une blouse volante en batiste, elle avait une courte veste, la « chaquetilla » andalouse. Un chapeau noir soulignait cette origine et il ne put éviter de la complimenter. Prestement, elle s'installa en selle sur son bel étalon, tandis qu'il prenait les rênes de sa petite jument du désert. La fraîcheur matinale plaisait aux chevaux, ils humaient, impatients, l'herbe humide de rosée. Le capitaine se sentait l'âme joyeuse d'un enfant. Ils contournèrent les pelouses et gagnèrent la forêt, trottant l'un derrière l'autre. Elle ralentit plus loin sa monture pour se mettre au pas contre les flancs de Kahina.

- Quelle région magnifique ! s'extasiait-il à nouveau, j'ignorais ce joli pays, j'admire tout ce que je vois.

Son enthousiasme sincère fit sourire Inès. A la croisée des routes forestières, elle choisit de se diriger vers les étangs et ils mirent pied à terre sur la rive herbue qui bordait largement l'étendue calme des eaux ; de grands arbres s'y miraient et ils s'assirent sur un tronc mort tandis que les chevaux, près deux, broutaient avec délice les pousses tendres.

- Voici l'endroit que je préfère pour méditer. L'eau paisible donne une certaine quiétude à l'âme et la mélancolie des étangs, qui reflètent verdure et ciel, en confond les contours et les ombres.

Il lui sembla qu'une obscure tristesse imprégnait ses propos et qu'elle avait envie de s'épancher.

- Le passé d'enfance reste toujours vivace, n'est-ce-pas ? Rien ne peut vraiment l'arracher du cœur. Ce cadre verdoyant où je vis aujourd'hui ne ressemble en rien pourtant à celui de mes premières années. Mon paradis, alors, s'étendait loin d'ici, dans le bassin du Guadalquivir où ma famille maternelle possédait un vaste domaine. C'est le soleil andalou, plein de feu sur les collines, les montagnes, la mer, qui me fit voir le monde. Nous élevions là-bas des taureaux de combat qui naissaient chez nous et mourraient bravement dans l'arène, les plazas de Séville et de Cordoue. C'est vrai ! ajouta-t-elle en haussant les épaules, que je fus élevée dans un très grand luxe ! Mais avec une rigoureuse sévérité. J'ai dans le sang une vieille hérédité omeyade et les Juanarez de Lloras pouvaient se vanter d'avoir concilié la vivacité castillane et l'ardeur andalouse. Mon père était béarnais, de la Bigorre, mais il vécut surtout à Paris après avoir épousé ma mère et, lorsqu'il fut nommé consul en Argentine, tous deux périrent en survolant la pampa ... je fus adoptée par ma tante et mon oncle qui vivaient à la Concha ... continua-t-elle avec effort.

Baissant les yeux, elle soupira.

- Ah ! c'est un monde difficile à comprendre à distance, vous savez ! Je n'avais qu'une petite chambre, blanchie à la chaux, et ne disposais que d'un lit de fer, un coffre et une chaise, mais la musique berçait mes nuits, cadence des romanceros et au matin tout s'inondait de lumière, hennissements et beuglements m'éveillaient promptement. Mon père m'avait pardonné de n'être point un garçon mais mon oncle m'aimait beaucoup, c'était un homme qui avait prestance et autorité. J'étais fière d'avoir son estime, comme il n'avait pas eu d'enfant, je voulus faire en sorte d'être comme sa fille, je montais à cheval presqu'avant de marcher, j'affrontais les arènes et appris ainsi à braver mes propres peurs. Un jour je reçus un cadeau, on m'offrit pour mes dix ans un jeune étalon blanc, Dieu qu'il était beau ! Il se nommait Torquemada, comme le célèbre inquisiteur ; il avait des grands yeux doux qui savaient me parler et je lui confiais tout. Peu d'enfants, je le sais, ont eu la chance d'apprécier semblable camaraderie ! Torque partageait ma solitude. C'était l'époque où la révolution en Espagne avait laissé des blessures fraîches qui saignaient encore, je ne pouvais aller faire mes études en France suivant les désirs de mon père, les frontières étant fermées. J'entrai donc dans une sévère institution de Cordoue où un franciscain enseignait et formait les consciences, il était bon mais exigeant, Fraile Alfonso avait une figure mince comme celle que peignit le Greco et j'aimais cette scolastique franciscaine pleine de fraîcheur, d'amour de la nature.

A la Concha, lorsque j'y revenais, de la terre chaude montait toujours les chants, le soir et sur les contreforts de la Sierra, se brisaient tous les ressacs du monde. Je vois encore les fenêtres grillagées, le grand salon où s'alignaient les portraits, celui du cardinal Cisneros qui m'impressionnait. Cette enfance presque médiévale, dans une contrainte quasi conventuelle, j'y songe parfois, et cet amour du dressage me vient de celui des novillos. Je participais au « derribo », galopades où les mayorales, sorte de vachers, poussent à la pointe de leurs piques le jeune taureau de deux ans.

Elle se mit à rire de cette évocation puis redevint grave tout à coup.

- A quinze ans, vous l'avouerai-je ?, je m'épris en secret d'un jeune matador qui faisait mon admiration. Rafael me semblait un dieu, il descendait d'une grande famille, les Torrès-Quevedo, et il montrait déjà un art étonnant. Nous étions allés à la romeria de Séville pour assister à une tienta. Ah ! Rafael dans son habit doré des arènes ! Je n'oublierai jamais cela. La grande fête pascale de Séville amène beaucoup de monde et il voulut me dédier Juanito, un superbe cuatreno de chez nous. Devant tous, il m'offrit une rose et je la piquai dans ma mantille. Puis ce fut une minute pleine d'intensité qui emporta ma jeunesse. Rafael, étincelant sous le soleil d'avril, porté par les ovations, commença le combat qu'il m'avait dédié quand le terrible Juanito que n'avaient pas affaibli les picadores, juste avant l'estocade, bouscula mon brillant torrero, le précipita au sol, le piétina le perforant de sa corne. Il fut impossible de le sauver, il s'éteignit comme une lampe privée d'huile. Un cierge brûla près de son beau visage blafard.

Lorsque je revins à la Concha, je pris en haine la fureur aveugle des corridas. Je ne comprenais pas leur signification très profonde et très ancienne où tout l'inconscient d'un peuple se projette et qu'elle symbolise le défi de l'homme intelligent et courageux à la force instinctive et brutale. C'est le Minotaure, le vieux culte de Mithra. Si la mort de Rafael fut déterminante, celle de mon cheval, devenu aveugle, me poussa hors de la Concha. Je partis en France où j'avais quelques cousins, lointains, ah ! vous le comprendrez aisément, je dus refaire toute mon éducation ! La vie parisienne était bien différente. Je suivis des cours d'art car je voulais devenir sculpteur et du fond de l'Andalousie, mon oncle et ma tante n'approuvaient trop ce choix. A la faveur d'un grand bal, je rencontrai mon futur mari. Edouard me fut présenté comme un jeune homme des plus brillants. Il envisageait une carrière dans la diplomatie comme mon père, il avait l'étoffe d'un futur ministre, et réussissait tout ce qu'il voulait. Je m'éblouis bien de tous ces éclats que me renvoyaient les mille facettes du monde ...

Saisissant sa cravache, Inès se remit debout et fouetta les hautes herbes. Des poules d'eau, affolées, se précipitèrent entre les roseaux.

- Il était bien impossible, vous le comprenez, d'aliéner mon fiancé à un avenir andalou ... La détresse de ceux qui m'avaient adoptée et élevée fut immense. Ils souffrirent de mon ingratitude. Très âgés, ils firent effort cependant pour mon mariage et vinrent en France mais ma tante mourut peu après. Son mari ne lui survécut guère que quelques mois, et c'est ainsi que je recueillis l'énorme héritage des Juanarez, fortune que je m'empressais de remettre entre les mains d'Edouard pour débuter sa carrière.

Nous louâmes un appartement somptueux avenue Foch dans l'un de ces immeubles froids comme un mausolée. Nous y reçûmes tout Paris. Edouard aimait cela. A la longue ces réceptions me lassèrent, je rêvais d'intimité et n'osais pas m'en plaindre. Un jour d'hiver nous prîmes la route et nous nous arrêtâmes devant le perron de cette demeure, Edouard devait y rencontrer un éventuel acquéreur et en entrant dans son silence et sa paix, j'en vis toutes les plaies, la vétusté, certes, mais sa beauté aussi et son âme m'enveloppa toute entière. Nous y restâmes trois jours proches l'un de l'autre, je vis les écuries abandonnées mais qui gardaient encore le parfum des chevaux et des harnais. Edouard écouta mes projets fous, il fallait qu'il renonce à vendre la propriété. Puis, quelques temps après, je perdis l'espoir de mettre au monde l'enfant que je désirais tant. Ce chagrin, les trahisons successives de mon mari accaparé par le tourbillon de ses ambitions, m'éloignèrent de lui et je vins ici seule. Edouard me rejoignit, un soir, par surprise, il voulait que je revienne et nous nous réconciliâmes, je promis de ne plus le quitter lorsque je déciderai de retourner auprès de lui et il s'éloigna, prit sa voiture tard dans la nuit, une voiture racée et dangereuse comme il les aimait, et c'est lui qui revint, hélas !, plus tôt qu'il ne l'aurait pensé. Alors je me cloîtrai ici, dans une totale réclusion. Trois semaines plus tard, je vis arrivé un van, le cadeau posthume de mon mari, un jeune cheval, un ravissant poulain, à peine yearling et d'une beauté si émouvante ! Je reconstruisis tout autour de lui, Boyard a ressuscité Cheaulnes ...

Avec vivacité, elle ramassa sa cravache et considérant, souriante, les deux chevaux qui paissaient tranquillement côte-à-côte, elle s'exclama, confuse :

- Capitaine, comme je suis bavarde ! Je parle si peu de ce passé ! Désormais, vous savez, je suis très heureuse ici ...

Rougissante, elle se dirigeait vers l'étang, cueillant çà et là une herbe qu'elle portait à sa bouche. Des rayons obliques du soleil se noyaient dans l'onde verte et des oiseaux voletaient bas. Lorsqu'elle se retourna, il tenait dans chaque main les rênes des deux chevaux et elle rencontra le regard plein de chaleur de l'officier qui l'aida galamment à se remettre en selle. Sur son étalon roux, elle avait fière allure et elle le distança rapidement. Tout en la suivant au petit trot, il repensait à son récit qui lui semblait original. Elle l'attendait à la croisée des chemins et il lui sourit avec beaucoup de sous-entendu, pour lui dire qu'il avait tout écouté de ses confidences.

- Madame, croyez bien que la perspective de retourner au désert bientôt me fait apprécier chaque minute ici ; comment vous exprimer mon bonheur et ma reconnaissance !

Une expression de joie illumina les traits de la jeune femme :

- Vous reviendrez, alors, quand vous voudrez, finit-elle par dire un peu sourdement.

Dans la soirée du dimanche, bien que des nuages alourdissaient le ciel, Inès offrit le porto sur la terrasse, elle avait convié des amis à dîner et Stane arriva très excité. Henri trouvait que l'office de Pentecôte, dans la charmante église fleurie, avait été très réussi, que les enfants chantaient avec justesse, il écoutait Heather lui décrire les cérémonies en Irlande quand il s'étonna de voir le châtelain de Chabrole se montrer si familier. Cet homme usait de son voisinage pour accaparer « sa belle comtesse » comme il semblait aimer la nommer mais elle en paraissait un peu gênée, il se demanda quels pouvaient être les liens entre eux. Antoine Blondeau, de Périgueux, montrait, lui, une totale insouciance de ce qu'on pouvait penser, il ne cachait nullement sa passion.

Il était si content de cette belle journée que lorsqu'il se coucha, comme un prince en sa vaste chambre, il s'en voulut d'avoir si peu pensé à sa fiancée.

Le lundi, un temps plus frais fit s'exclamer la jolie Heather :

- C'est une température idéale pour les chevaux !

Elle s'était déjà entraînée depuis une heure sur Kahina.

Le concours hippique avait été organisé sur la pelouse, derrière le château ; on y avait depuis la veille disposé les obstacles. Vers midi, tous les concurrents étaient arrivés et le voisinage se voyait encombré de vans et de camions. De joyeux hennissements se répondaient de partout.

Inès avait offert au maire et aux membres du jury un excellent repas. La plupart des invités de la veille s'y retrouvaient et elle avait placé une chaise pour le capitaine qu'elle avait présenté comme un cavalier émérite dont l'avis compterait pour sélectionner les lauréats. Elle était présidente d'honneur, et bien vite la foule se répartit autour du terrain. Les hauts-parleurs criaient des noms, on annonçait les épreuves. Elles commencèrent et Henri vint s'asseoir non loin, légèrement en retrait, plutôt indifférent à ce qui se passait, il repensait aux confidences de la jeune femme la veille. Il ne put qu'acquiescer à l'avis du jury. Un jeune homme réussit un parcours rapide et sans faute sous des applaudissements qui évoquaient les arènes où se disputaient plus redoutables combats. Demain, pensait-il, ce serait le départ, et, ma foi, ce court séjour lui aurait bien plu. Il s'abîmait dans ses pensées quand il vit Inès l'interroger du regard anxieusement, de fait, Heather entrait en lice sur sa Kahina fringante et si nerveuse qu'il la reconnaissait à peine. Belle et pleine de santé, elle attaqua les barrières les oreilles droites, sans rechigner et il retint son souffle malgré lui, aurait-elle un bon classement ? Une certaine impatience le faisait tressauter chaque fois qu'elle s'engageait.

Inès eut un petit cri de déception lorsque vers la fin, deux barres chutèrent. Elle avait fait un si beau parcours qu'elle se classerait, malgré tout, dans les premiers. Il rencontra encore une fois les yeux noirs de Madame de Cheaulnes, pour la féliciter, lui faire savoir qu'il était très satisfait. Puis la fin du spectacle l'intéressa peu. Il se disait que le temps passait vite et il avait comme la sensation qu'il lui échappait. Il se permit de fausser compagnie avant la remise des Prix et Inès en conçut une violente déception de le voir s'esquiver, il avait sans doute cru qu'elle ne s'en apercevrait pas. Elle en fut si assombrie qu'elle répondit à peine à ses interlocuteurs. Pâle, fatiguée, elle trouva que cette cérémonie rituelle n'en finissait pas.

Elle s'aperçut que l'officier ne s'était guère écarté ; il se tenait, en fait, devant Kahina, attachée à son arbre, et il caressait doucement son nez. Contente, Kahina vint poser sa tête sur son épaule avec un grand abandon.

Chapitre 9

Le défilé

Stane contourna le bassin, gagna la terrasse afin de surprendre Inès comme il aimait le faire lorsqu'elle s'attardait dans sa bibliothèque. Plongée dans sa correspondance et ses comptes, elle ne l'entendit pas pousser la porte-fenêtre ; elle sursauta vivement lorsqu'il mit la main sur son épaule.

- Vous savez bien, madame, que je ne me fais jamais précéder d'un valet ! Je m'inquiète de votre claustration, je sais qu'il fait si chaud que seule la nuit est propice pour travailler, il faut absolument que vous veniez mardi chez les Blondeau.

- Ah ! J'avais oublié cette invitation, je suis impardonnable mais je ne crois pas pouvoir me rendre à la Maraudière ce jour-là car il me faut monter à Paris pour le 14 juillet ; j'ai un rendez-vous important à la Société des Courses.

L'expression de Stane s'illumina :

- Mais c'est merveilleux ! Je venais justement vous annoncer une importante nouvelle, je vends mes propriétés, mon acquéreur est un gros marchand de biens qui me propose, par ses relations, une association dans un cabinet immobilier qui démarre bien et je dois être aussi à Paris pour cette date.

- Je vous comprends, Stane, mais je ne peux pas dire que ce que vous me dites me fasse vraiment plaisir.

- Inès ...

Elle avait soupiré, les yeux perdus, l'air navré.

- Je souhaite que vous ne regrettiez jamais Chabrole, finit-elle par dire.

- Je ne regretterai que vous, s'empressa-t-il de murmurer aussitôt, mais je me réjouis de vous accompagner à Paris, êtes-vous d'accord pour m'y accorder une journée ? La soirée ? A l'occasion de la Fête, c'est un peu l'apothéose de la saison.

- Soit, nous nous téléphonerons à ce sujet.

Il lui baisa intensément la main avant de se retirer dans la nuit tiède, par le même chemin. Elle demeura rêveuse. C'était une belle nuit d'été, pleine des bruissements de la vie ; mille insects voletaient, se précipitaient dans sa lampe, l'odeur chaude de la terre montait par la fenêtre, et Stane allait partir, disparaître de son horizon, sa jovialité lui manquerait certes, elle n'éprouvait pas pour lui plus profond attachement qu'une amitié sincère et ce sentiment-là n'était pas destiné à survivre.

Une fois dans sa chambre, elle caressa, mélancolique, Félicia endormie sur son lit. Comme elle ne fermait jamais ses volets, elle pouvait voir les myriades d'étoiles et goûter les premières lueurs de l'aube. Elle n'avait guère sommeil et avant de s'étendre, elle ouvrit le petit secrétaire où s'entassait sa correspondance personnelle, y trouva la lettre du capitaine Schueller reçue dès son retour au Djebel, il la remerciait. Cette lettre était un peu solennelle et guindée à son début puis devenait plus libre et chaleureuse à la fin. « Une bonne lettre de château, c'est tout », reconnut-elle tout haut. Le découragement la saisit. Qu'espérait-elle donc ? Il ne pouvait guère écrire en d'autres termes. L'inviterait-il à son mariage ? Elle n'irait pas. Leurs relations s'espaceraient par la force des choses.

Au matin, les oiseaux pépiaient si gaiement dans le soleil qu'elle se sentit plus forte, chacun s'activait déjà dans le domaine, il y avait tout, les chevaux, le haras, les vins, les fleurs, la culture, les papiers ... On l'attendait.

Vers la soirée, elle demanda à Ali de lui seller Kahina pour faire une promenade qui la délasserait un peu.

D'une hauteur, on voyait mieux Chabrole, sa vieille bâtisse qui se mourrait lentement, elle allait peut-être ressusciter aussi, reprendre vie et gloire, et cette pensée lui fit plaisir, la réconforta.

A l'hôtel Meurice, sa chambre l'attendait.

Paris baignait dans une chaleur étouffante, une sorte de fièvre s'exhalait des trottoirs mous.

- Après-demain je viens vous prendre assez tôt, lui avait dit Stane en quittant son taxi rue de Grenelle où il logeait chez un cousin, nous irons à la Revue, c'est un spectacle qu'il ne faut pas manquer.

Ils avaient décidé de dîner dans un petit restaurant du Quartier Latin et ils étaient revenus à pieds le long des quais jusqu'à la rue de Rivoli. La capitale se préparait aux liesses populaires, des drapeaux flottaient sur maintes façades. Stane s'était montré particulièrement volubile, sa situation future l'enchantait, il se voyait une nouvelle jeunesse où se précisait enfin un avenir. Epanoui, il avait oublié Chabrole.

- Inès, j'ai renoncé à tout mon passé puisque je dois renoncer à vous.

- Moi, Stane, il me serait impossible d'abandonner Cheaulnes. Je sens que mon destin y est tracé, je sens aussi que le vôtre est tout autre, que notre belle amitié demeure, cependant, je vous le demande.

Lui prenant la main Stane s'était tu. Levant les yeux sur elle, il vit les siens pleins de larmes.

- Pourquoi êtes-vous si triste ? Vous n'avez besoin de personne, Inès. Allons ! Nous sommes heureux ici ce soir, tout simplement, ne cherchons pas plus loin, demain, vous verrez, nous passerons encore une journée formidable ; je viendrai donc vous chercher à sept heures et demie du matin, à la porte de votre hôtel, d'accord ?

Il y avait déjà foule sur les Champs-Elysées.

Un vent plus frais permettait d'y respirer, la grande avenue était vide.

Stane trouva que sa robe blanche ceinturée de noir lui allait à ravir et comme il avait emmené son appareil photo, il voulut faire d'elle son premier cliché. Un silence un peu solennel planait sur la ville que le brouhaha de la foule ne parvenait pas à troubler. Les voitures officielles précédèrent les avions dont le fracas brutal déchirèra le ciel. Une fois ce fracas dissipé, on entendit les fanfares militaires et chacun se tut gravement. A mesure que les corps d'armée s'avançaient avec belle ordonnance sous les rythmes de leurs musiques, le cœur d'Inès se serrait d'une indicible émotion. Elle voyait maintes poitrines médaillées, toute l'Armée défilait sous ses yeux éblouis et cela lui inspirait une profonde admiration. Ses applaudissements crépitaient avec fureur et passion. Elle se sentait fière sans savoir pourquoi. Cette étrange euphorie se mêlait d'un peu de mélancolie ; elle avait complètement oublié Stane et répondait à peine à ses commentaires.

Après les détachements de la Garde Républicaine

dont les magnifiques chevaux s'alignaient sans faute, il y eut comme une houle qui souleva la foule. C'était un crépitement joyeux, anarchique. Les pavés de l'avenue semblaient martelés par des dizaines de sabots pressés, impétueux. S'avançait un escadron de Spahis, tirailleurs algériens dont les turbans seyaient si bien à leurs traits burinés. Un tonnerre d'applaudissements et de vivas déferlèrent sur une espèce de fantasia bien contenue.

- Oh ! fut tout ce qu'elle put dire.

L'allure superbe des cavaliers, les jolies têtes courtes de petits chevaux arabes aux naseaux dilatés, frémissants, l'étreignirent d'une vive émotion.

- Kahina ! s'écria-t-elle avec orgueil.

Si sa petite jument et le fier harki qui la soignait auraient pu tous deux se trouver là, derrière eux une autre silhouette se profilait, celle du capitaine qu'elle avait imaginé ainsi vêtu lorsqu'avec Kahina il était parti dans le Djebel ; son récit lui revenait en mémoire, elle en était saisie de fierté, d'orgueil.

La suite des troupes lui fut indifférente.

La guerre, la guerre blindée, aveugle, mécanique, l'épouvanterait toujours. Elle tourna vers Stane un visage angoissé.

- Allons déjeuner, Inès, tout ceci est harassant.

Elle leva vers lui un regard humble tout à coup mais scellé sur son secret.

- Il ne faut pas oublier ceux qui se battent en Algérie, dit-elle enfin.

- Certes, ma chère, vous avez raison mais en attendant, allons nous restaurer.

Elle n'avait pas faim, ressentait plutôt une immense fatigue, la journée n'en finissait pas de traîner sa gaieté jusqu'aux embrasements du soir, les feux d'artifice ressemblaient pourtant à une magnificence de galaxies. Stane la reconduisit aussitôt à son hôtel, à regret, il eut aimé poursuivre toute la nuit cette ronde d'agitation, plus que jamais elle désirait retrouver la sérénité de Cheaulnes, son rempart, sa raison de vivre.

Le capitaine Schueller, par grandes enjambées, arpentait le sable devant sa Jeep. Il avait décidé le repli de sa compagnie et dès le lendemain ses soldats devaient quitter les confins tunisiens pour gagner l'ouest, la chaîne des monts Rira, non loin du grand Chott El Deïba.

Quel était le bilan de ces dernières semaines ? Il ne voulait trop se poser la question. Dans peu de temps, à présent, il devait revenir en France et peut-être, se disait-il, ne plus revenir au désert une fois écoulée sa permission. Et par un étrange sortilège, la terre d'Afrique le retenait encore captif, il y avait combattu, souffert, agi, pensé, rêvé. Après ce serait une nouvelle affectation, celle qu'il avait demandée une fois décidée la date de son mariage. Grâce à ses décorations, ses blessures, sa nouvelle situation sociale, il obtiendrait quelques temps un poste à l'Ecole de Guerre.

Ce soir-là, il s'était allongé tardivement sous sa tente. Tout d'un coup, il pensa à Kahina, revit le cheval venant vers lui sous un rayon de lune, vision immatérielle qui l'avait beaucoup frappé. A présent, il la savait sauvée, et sa rêverie le conduisit vers son château lointain. Il revoyait l'édifice un peu irréel, comme un palais enchanté, une sorte de mirage. Il se demanda s'il retournerait jamais en cet endroit béni où les bassins, les parterres, les arbres majestueux du parc faisaient comme un écrin à ce bijou. Il lui sembla entendre à nouveau le glissement soyeux des rideaux des tentures. Puis il évoqua Inès, vivante peinture et belle Amazone. Quel caractère original ! Il n'en avait pas souvent rencontré de pareils. De son écriture pointue, précise, elle avait répondu à sa lettre pourtant bien conventionnelle et dans la nuit chaude, menaçante toujours, il se releva pour chercher la feuille qu'il avait glissée quelque part parmi d'autres. « Cher capitaine et ami ... Le temps s'écoule à un rythme trop rapide à notre gré parfois, il va, certes, plus vite que nous et je suis étonnée de voir s'achever l'été. J'ai été très occupée mais j'ai le sentiment qu'il fut long et difficile pour vous. Je voudrais aujourd'hui vous donner quelques nouvelles de Cheaulnes, elles sont excellentes ... Notre petit poulain est superbe, il a toute la vigueur de son père et de sa mère la douceur, la gentillesse, la tête fine courte et racée. Ali est heureux et si fier de lui qu'il m'en fait rire parfois, mon entraîneur pense que je pourrai faire un champion d'El Hadj ...

« ... Ici, les vendanges s'achèvent et seront bonnes cette année. Si j'ai beaucoup à faire je me tiens cependant au courant chaque jour des événements et me pose bien des questions sur l'issue de cette guerre.

« Votre lettre laissait entendre que vous étiez sur le point de changer d'affectation. J'espère que la mienne vous trouvera là où vous êtes pour vous assurer de notre pensée ...

« L'automne est beau en Périgord et je devrais avoir honte de vous le dire à vous qui luttez dans ces monts arides pour un devoir qui ne l'est pas moins ...

« Rappelez-vous que Cheaulnes est un lieu de paix, un refuge dans le tourment ; lorsque vous le pourrez, donnez-moi de vos nouvelles, je les lirai avec joie, grande amitié ... »

Avec un soupir, il replia le papier. Plus tard, il écrirait.

Ce fut à ce moment-là qu'il eut le sentiment que la nuit oppressait.

La moindre anomalie du silence et des bruits lui était perceptible par une sorte d'instinct. A peine avait-il pris un peu de champ hors de son campement que les cris des sentinelles l'avertirent. Puis ce fut un feu nourri de mitrailleuses. Après un court répit, une terrible explosion fit voler la toile des tentes. Soufflées, celles-ci prirent feu. En une seconde tout bascula autour de lui tandis qu'une violente douleur lui faisait perdre connaissance.

Incapable de tout mouvement, il ressentait confusément son corps ; sa conscience émergeait d'une nuit totale dont il ne pouvait évaluer la durée. Râles et gémissements s'entendaient autour de lui et il discerna des voix, fit effort pour ouvrir les yeux. Près de son lit des silhouettes blanches se parlaient, il les entendait comme dans un rêve, puis une figure féminine se pencha, une main palpait son poignet.

- Le voici réveillé ... M'entendez-vous ? ... Me voyez-vous ?

Le chirurgien, tout proche attendait une réponse, il fit signe de la tête pour qu'il comprenne.

- Alors tout va bien, le plus dur est passé, dit-il ...

A présent, il situait son mal, interrogeait du regard l'infirmière blonde.

- Vous avez été opéré avec succès. On a dû vous retirer un rein. Même l'articulation illiaque était en piteux état et la brûlure du côté très étendue. Votre constitution est bonne et votre vitalité reprendra vite le dessus. Grâce à l'hélicoptère qui vous a survolé quelques minutes plus tard, l'alerte a été donnée tout de suite et les secours sont arrivés assez vite pour sauver les grands blessés. Mais beaucoup sont restés ...

Il ferma les yeux. Combien de ses hommes compteraient parmi les morts ? Trois jours venaient de s'écouler depuis dont il n'avait aucune notion.

Son état ne s'améliora que très lentement. Une fièvre tenace l'emportait dans des visions de cauchemar jour et nuit. Hideuses figures où parfois surgissaient quelques visages connus ; sa mère, Aline, même celui d'Inès.

Il fut long avant d'être en état d'écrire. Enfin, il put un soir rédiger une lettre à Aline ; elle n'avait pas eu de ses nouvelles depuis longtemps et s'inquiétait de son silence, il lui dit que s'il était maintenant hors de danger, il lui faudrait sans nul doute quitter l'Armée bien qu'il l'aimât de tout son être meurtri. Il se relèverait de cette dernière et grave blessure, différent. Un sourd chagrin s'insinuait en lui tandis qu'il lui racontait tout cela, elle n'imaginait pas quel grand blessé il était, quel invalide il serait peut-être demain. La jeunesse insouciante et gâtée de la jeune fille l'effrayait de loin, il avait beau relire avec ferveur ses lettres, pleines d'enthousiasme toujours, il sentait qu'elle ne mesurait pas vraiment l'ampleur de son changement physique et moral.

Il rêva une nuit de Kahina. La jument, contente, l'emmenait seul à travers bois. Il sentait jusqu'à l'odeur des champignons dans l'humus. C'était une promenade sans fin, à travers des bosquets et prairies pleines de fleurs, et il se réveilla pour voir le décor impersonnel de l'hôpital. Il tâta sa hanche avec une anxieuse interrogation. Hanté par ce rêve plaisant, il rédigea quelques lignes à l'adresse de la châtelaine de Cheaulnes : « ... Ne croyez pas que j'aurais tant tardé à vous répondre si les circonstances ne m'en avaient empêché de façon si brutale. A présent tout va pour le mieux, je suis des cours d'apprentissage pour une nouvelle façon de vivre. Ma convalescence est en bonne voie mais m'oblige à surseoir à bien des projets personnels, vous vous en doutez. L'explosion violente qui faillit m'emporter a tué bien du monde autour de moi, j'ai eu la chance d'être transporté très vite à l'hôpital. J'ignore encore combien de temps il va me falloir rester ici. Dès que je le pourrai, je regagnerai la France. En tout cas, ajoutait-il, votre hospitalité si charmante quand je suis venu voir Kahina, n'a pas quitté ma mémoire. Le croiriez-vous ? Dans ces durs moments ces souvenirs m'aident encore à me guérir ... » Il n'osait insister sur les séquelles possibles qui l'empêcheraient de monter à cheval. De toute manière, il ne pouvait faire aucun projet précis et voyait bien qu'il lui faudrait voir sa vie sous un jour différent. Ce nouvel éclairage transformerait profondément son âme.

Inès reçut la lettre un matin. En la lisant, elle fut prise d'un tremblement puis des larmes irrépressibles envahirent ses yeux. Il pleuvait sur Cheaulnes, un fin brouillard se dissolvait depuis le lever du jour où s'annonçaient des heures de labeur moroses. Pourtant, après avoir relu plusieurs fois la lettre, elle eut une exclamation de joie :

- Merci, mon Dieu, il vit et je l'aime !

Une telle révélation faite à voix haute la consterna.

Elle vit avec stupeur le décor de sa chambre sous une autre lumière.

Elle aimait, c'était vrai, d'une autre façon, bien plus tendre et profonde qu'autrefois. Une telle nouveauté la transportait à la fois dans une joie céleste et une douleur très humaine. L'étendue de son sentiment se découvrait soudain comme une plaine vaste, infinie, dont l'horizon confondait ciel et terre. Son cadre de vie, sa demeure tant aimée, lui parurent vides, énormes pour elle, sa personne s'y perdait, toute petite. Elle craignit tout à coup que ces murs qui recelaient tant de richesses ne devinssent une prison, une sorte de forteresse qui l'isolerait à jamais de l'âme fière et intègre de l'officier. Il la jugeait, sans doute, hors d'atteinte, trop fortunée, comblée peut-être d'hommages et il ne s'abaisserait pas à jouer ce jeu-là. Son imagination ne cessait de lui montrer le capitaine blessé et de ne rien savoir de plus la tourmenta tant qu'elle en perdit le sommeil. A la fin, elle se décida, non sans pleurs, à admettre l'évidence : il allait se marier dès que sa santé lui permettrait et il était vraiment pure folie d'aimer cet homme, mais plus il lui paraissait inaccessible plus il occupait son esprit et sa nouvelle passion l'habita constamment. Son âme s'en trouva plus riche, plus légère ; elle eut le sentiment qu'un aiguillon la contraignait à une souffrance méritoire, l'empêchait de sombrer dans un égoïsme confortable.

S'il eût été soigné à Paris, elle se serait précipité sous un prétexte quelconque. Appuyée souvent sur la ganache de Kahina, il lui arrivait de sangloter et sa jument recevait ses larmes en la contemplant de ses grands yeux bleutés, un peu tristes.

Un jour, elle lui dit en la regardant avidement :

- Il reviendrait ici pour toi. Tel est ton sortilège, Princesse ... Ne t'appelle-t-il pas ainsi ?

L'automne s'annonçait dans sa luminosité particulière. Le vin nouveau, abondant, pétillait. Un soir, elle mit la première bûche dans l'âtre.

La gestion du domaine, la tenue de sa comptabilité, de plus en plus complexe, l'occupaient longuement. Le haras, en s'agrandissant, multipliait la paperasse, la correspondance, le travail. Ses chevaux de course commençaient à avoir une certaine renommée et on lui écrivait, la sollicitait d'un peu partout en France, à l'étranger.

Un soir, fatiguée, une bourrasque vint ouvrir sa fenêtre, elle posa sa plume et se leva pour fermer la porte du vestibule où des andouillers altiers se profilaient entre épées, casques, armures et vieux fusils. Pour se délasser, elle chercha sa pèlerine afin de sortir un peu. Celle-ci était accrochée non loin de la tête d'un superbe dix cors qu'un rayon de soleil blanc illuminait tout à coup grâce à un faisceau venu d'une lucarne. Vision presque irréelle, comme celle de Saint Hubert.

Saint Hubert ! Le grand veneur de Dieu ! Soudain, une idée s'imposa, elle la repoussa d'abord tant elle lui sembla folle. Elle ferait une chasse, une chasse à courre, avec chiens, chevaux, piqueux ... mais pouvait-il seulement remonter à cheval ? Ce doute douloureux, le cavalier de Saumur devait en souffrir secrètement, une fête de vénerie à laquelle il ne pourrait pas participer ne pourrait lui valoir qu'un refus ... Mais la chasse se montrait une belle occasion de réunir quelques amis, elle n'avait d'autres moyens pour l'inviter.

- Stane ? Je ne vous dérange pas ? Comment vont les affaires ?

Au bout du fil, la voix, d'abord étonnée, s'adoucissait :

- Inès ! Comment donc, mais jamais, ma chère, que me vaut cet appel ?

- Eh bien, Stane, je m'ennuie des uns et des autres, tout simplement. Depuis la Pentecôte, je n'ai vu personne. J'aimerais, à la Toussaint, puisqu'il y a quatre jours fériés, donner une petite fête chez moi, une chasse, une chasse à courre, qu'en pensez-vous ?

- Oh ! Oh ! Voilà un plaisir rare !

- Mais il faut bien qu'il y ait quelqu'intérêt pour venir à Cheaulnes !

- Vous avez raison. Bonne idée ! Je serai des vôtres, bien entendu.

Très volubile, Stane n'en finissait plus de lui donner des conseils avec d'autres détails sur sa nouvelle vie. Il paraissait heureux puisqu'il gagnait beaucoup d'argent ; il semblait qu'il avait trouvé là de quoi le combler.

Lorsqu'elle eut raccroché, le doute la gagna. L'entreprise risquait d'être téméraire. Au lieu d'attirer l'officier, celle-ci pouvait le repousser, au contraire. Mieux valait savoir s'il accepterait avant de poursuivre les invitations. Cela lui permettrait, tout de suite, d'avoir de ses nouvelles. La hardiesse de sa démarche l'effrayait un peu. Elle rédigea vite une courte lettre, elle expliquait seulement que cette chasse n'était qu'une occasion de réunir ses bons amis. Avait-elle eu raison de ne parler que très peu de sa santé ?

Les jours qui suivirent n'en finirent pas de s'égrener. En dépit de la fièvre qu'elle mettait au travail, l'attente d'une réponse, chaque matin, la laissait désemparée. Rien ne venait. Un soir, nerveusement, elle prit son téléphone. Près du boulevard Saint-Germain, dans un petit appartement un peu désuet, elle imagina une vieille dame dérangée par sa sonnerie. Enfin, une voix âgée, en effet un peu tremblante, répondait :

- Le capitaine n'est pas ici, madame, il est en voyage dans le Midi.

- Puis-je savoir comment il va et où je pourrais lui mettre un mot ?

- Mon fils se remet très bien. Heureusement ... Nous avons eu très peur vous savez ... On peut le joindre à cette adresse : au mas « Thérébente », route d'Arles, chez Mlle Horel-Bliard ...

Elle remercia beaucoup la gorge serrée.

Avait-elle été assez folle pour se laisser ainsi emporter par des mirages ?

Sur la table de son bureau, la photo d'Edouard lui souriait. Elle s'effondra en pleurs.

- O Edouard ! tu sais que mon amour pour toi est entré dans l'éternité ! Là où tu es, je te rejoindrai un jour ; mais ce soir, comme je suis seule !

Ces mots déchirèrent le silence autour d'elle. Il se referma aussitôt implacable.

Un matin, à sa grande surprise, alors que toute espérance l'avait abandonnée, qu'elle n'avait donné aucune suite à ses projets, parmi les lettres de son courrier, elle reconnut aussitôt son écriture. Il répondait donc et tandis que ses mains fiévreuses décachetaient, elle n'avait plus envie de le lire devinant d'avance ce qu'il dirait, lui annonçant son très proche mariage, probablement. Il s'excusait en effet, du retard apporté à sa réponse mais le courrier venait seulement de lui remettre sa très aimable invitation et il déclarait qu'il l'acceptait avec joie !

Une telle lecture la cloua sans respiration. Elle dut la reprendre plusieurs fois pour y croire.

Puis soudain elle s'aperçut qu'il était plus que

temps d'avertir tout le monde et paniqua vraiment pendant une heure, ne sachant par où commencer.

Il se disait content, ravi même de cette opportunité de revoir Kahina et cette chasse ne pouvait manquer d'être un spectacle superbe ... Il pouvait donc remonter à cheval ? Où en était-il exactement de ses intentions de mariage ?

Inès, dès son court repas englouti, courut à sa voiture. Toutes les invitations, rédigées à la hâte, devaient être postées le jour même. Une fois cette course faite, elle traversa le village jusqu'au presbytère. Son vieux curé prenait toujours le thé vers cinq heures et elle sonna au portail de son petit jardin. Il la convia lui-même à entrer dans la pièce modeste qui lui servait de salon. Devant la jeune femme il n'osait jamais trop interroger le premier et il la considéra d'abord de ses yeux malins, pleins de vie. Elle était bien la seule personne dans toute son existence vouée au sacerdoce campagnard qui le dérouta vraiment. Cette grande âme austère avait des élans mystiques étonnants. Riche mais très généreuse, elle ne voulait jamais qu'on lui manifestât trop de gratitude mais elle n'acceptait guère les conseils non plus. Altière, sa fortune ne semblait pas pourtant l'avoir corrompue et sur le plan spirituel, elle avait su garder une transparence d'enfant. Force était de reconnaître que grâce à sa venue dans le pays, beaucoup y étaient restés au lieu de fuir en ville, elle avait offert des emplois.

- Monsieur le curé, j'ai rarement le temps de venir bavarder avec vous. L'époque où les femmes pouvaient souvent confier aux prêtres leurs états d'âme est bien révolu. Je suis, il faut le dire, un chef d'entreprise et je me dois à tout le monde.

- Alors, chère madame, quels moments peut-on sauver pour la méditation ?

- Mais ... chaque instant ...

Comme il gardait son expression pateline, assez décontenancé par le regard pétillant de ses yeux noirs, elle enchaîna vivement :

- J'ai envie de donner une fête ... J'ai décidé d'organiser une chasse à courre pour la fête de la Saint Hubert. Elle sera suivie d'un bal, qu'en dites-vous ?

Il se leva sans répondre pour sortir deux verres de son buffet et la bouteille de Xerès.

- Quelle idée ! Ne craigniez-vous pas les mauvais propos ? De notre temps cela va paraître choquant. Il y a des gens qui vous jalousent et prendront ce prétexte pour vous calomnier.

- Je sais tout cela. Est-ce un si grand mal de donner une fête ? Notre époque est triste. Je suis sûre que M. Bricourt et la société de chasse me prêteront la meute. Il faudrait que vous célébriez, au matin, une messe avant de bénir l'équipage, sur le perron.

Tout en buvant le vin par petites gorgées, le visage d'Inès devint pensif.

- En Espagne, dans ma jeunesse, c'était grand honneur de boire le Xerès ... Trinquons ensemble à la belle réussite de nos entreprises.

- Je serai à votre disposition, finit-il par dire non sans réticence.

Comme elle paraissait vivement contente de son acceptation, il comprit qu'elle attachait un prix particulier à cette folie qu'il jugeait bien dispendieuse. Mais elle n'était pas encore tout à fait prête à lui confier son secret.

Face à la grande demeure que la nuit précoce commençait à cerner, elle resta longuement ce soir-là, absorbée par mille pensées. Dans sa contemplation, elle la voyait parée pour un soir de mille éclats. Il y aurait des musiciens, un bal, des feux grégeois ...

Plus tard, dans sa longue chemise de nuit, blanche comme celle d'une moniale, elle vint s'agenouiller sur le prie-Dieu de son petit oratoire. Les vitraux qui obturaient désormais les anciennes meurtrières donnaient seuls de la lumière sur toute la façade sombre. Elle regarda le grand Christ qui meublait le mur, celui que lui avait offert Fraile Alfonso :

- Seigneur, dit-elle à voix haute et toute vibrante de passion, peut-être suis-je en effet, aussi riche que le fut Zachée ... Vous n'avez pas refusé de vous arrêtez chez lui ... Il avait le cœur pauvre ... assoiffé d'amour ... comme le mien ...

Chapitre 10

La Saint Hubert

Les derniers jours d'octobre, un grand vent secoua les frondaisons du parc, la forêt gémit. Dans les chemins détrempés, des flaques d'eau reflétèrent un ciel pâle, incertain, où fuyaient de rapides nuages.

Encadré par ses arbres qui commençaient à se cuivrer, le château paraissait plus admirable encore. Son image, entre les mille facettes d'or des peupliers, se dessinait sur la rivière. Les feuilles tombées jonchaient les prairies comme un parterre de fleurs.

Dans l'herbe soyeuse, Kahina trottait joyeusement en compagnie de son poulain dont la robe prenait sa bourre. Le gentil animal recevait toute l'attention tendre d'Inès et elle s'enorgueillissait de sa beauté naissante et de sa vigueur. Il venait frotter son nez contre sa joue. El Hadj avait pour Ali un touchant attachement. Il jouait avec le Kabyle, lui obéissait à la moindre inflexion un peu râpeuse de la voix.

Depuis quelques jours le petit cheval s'inquiétait d'entendre des aboiements incessants et plaintifs qui surprenaient aussi tous les autres chevaux. Puis de nouveaux occupants arrivèrent qui prirent toutes les stalles, une partie des étables. Une animation peu commune troublait l'ordre des choses et des personnes étrangères s'affairaient, pansaient, abreuvaient, allaient et venaient sans cesse.

Un soir, alors que la nuit était tombée, El Hadj somnolait contre sa mère, quand la lumière électrique s'ouvrit tout à coup. Le poulain tressauta car une voix forte, mâle, appelait :

- Kahina ! ! !

Elle s'agita, le bousculant, pour tendre son nez vers celui qui s'était rapproché, elle lui flaira le visage avec sympathie tandis qu'il caressait, grattait à la base des oreilles :

- Princesse ! Tu me reconnais ! Tu ne m'as donc pas oublié ! Que de dures épreuves, ma pauvre, depuis que nous avons fait ensemble cette équipée ! Sour-el-Rih ! rappelle-toi, la caverne, notre retour dans la nuit ... J'espère être capable d'aller me promener avec toi, sinon de suivre cette chasse ... tu m'emmèneras, je ferai demain matin un petit essai.

Elle hochait la tête, l'œil allumé.

- Qu'il est beau ton petit ! s'exclamait-il encore en le caressant, vraiment, tu as eu de la chance, Kahina, d'aboutir jusqu'ici ...

Il était tard, trop tard pour faire attendre son hôtesse et il s'empressa, sur sa cane, de regagner le vestibule où elle l'attendait, fidèle à l'image qu'il avait gardée d'elle, dans une simple robe de lainage noir.

Un sourire plein de chaleur illuminait son visage.

- Je suis sûre que Kahina vous a reconnu, demain elle vous attendra, lui dit-elle.

Il prit congé des autres invités, chacun regagnant sa chambre, et se retrouva tout content dans la sienne. Rien n'y avait changé sinon que le bouquet rassemblait les fleurs de saison.

Il était arrivé juste pour le dîner. Des personnes affables lui avaient été présentées, un verre à la main. Il avait retrouvé M. de Saint-Giers, ce fameux « Stane » qui paraissait rajeuni ; puis la jolie Irlandaise qui l'avait accueilli au printemps, venue cette fois en compagnie de son mari, un grand diable bien charpenté, à la poignée de main solide. Le feu crépitait dans l'âtre de la bibliothèque, Henriette, en emmenant les plateaux, lui avait fait un sourire. Il avait eu un peu le sentiment d'être en famille.

Une fois étendu, dans la paix de cette chambre, il repensa à Aline. Leurs fiançailles s'étaient difficilement renouées. Pendant ce long séjour qu'il avait fait dans le Midi, il s'était peut-être montré différent ; il y avait eu quelques disputes sans importance et ils s'étaient quittés en arrêtant enfin la semaine de Noël pour leur mariage. Puis il évoqua, avant d'être pris par le sommeil, la timidité de Madame de Cheaulnes lorsqu'il était descendu de voiture ; attitude bien inhabituelle chez une femme aussi en vue. Son embarras se révéla encore plus grand lorsque M. de Saint-Giers l'avait prise par les épaules, familiarité qu'il semblait pratiquer de longue date.

« Je me demande ce que ce Stane représente pour Inès », se demanda-t-il sans s'apercevoir qu'il la nommait par son prénom pour la première fois. Curiosité qui tourna vite à l'agacement, il n'éprouvait pas de sympathie particulière pour ce personnage assez bruyant et bavard qui cadrait mal avec la jeune femme. En les voyant ensemble échanger des propos, il en avait profité pour demander la permission de faire une courte visite aux écuries et une lueur inquiète s'était allumée dans le regard sombre d'Inès. Il avait eu le temps d'étudier, seul un instant sous la lampe, la photo de son mari. Les traits fins, minces, fuyaient trop cependant. Il y avait une vive intelligence dans les yeux mais peu de réelle bonté. Il avait ensuite levé la tête sur les rayons de livres et elle était accourue vers lui comme pour lui porter secours.

- Que d'ouvrages magnifiques ! s'était-il écrié un peu surpris. Il faudrait des années pour en venir à bout !

Elle avait sorti l'un d'eux dont la reliure de cuir ambré sentait le moisi.

- Voyez là, c'est une édition rare du *Livre des Merveilles* de Marco Polo, de quoi vous faire rêver cette nuit, des contes perses, des récits orientaux, avec des gravures de la cité du grand Khan Koubilaï ... Prenez-le dans votre chambre ...

Puis elle s'était assise à ses côtés, délaissant ses autres amis.

- Merci d'être venu, avait-elle dit avec chaleur, parlez-moi un peu de vous, je vous trouve vraiment très bien remis, allez-vous quitter l'armée ? C'est une décision certainement douloureuse à prendre ...

- Mes projets, ces derniers mois, ont été chaque fois contredits et je finis par ne plus trop me poser de questions mais enfin ...

Il avait été sur le point de lui annoncer qu'il se marierait vers Noël quand ce fameux Stane revenait à la charge interrompant leur conversation. Il s'était alors levé et, une fois gagné le perron pour fumer dans la nuit, elle l'y avait rejoint bientôt. Il faisait doux, un peu humide, et elle avait, dans la pénombre, longuement regardé le ciel noir, sans étoile.

- J'espère que nous aurons beau temps pour cette journée, on ne l'annonce pas cependant ...

Elle semblait ne pas trop savoir quoi dire puis elle

avait enchaîné :

- Il faut vous imposer une trêve. Alors s'éclairciront bien des points sombres ... N'allez-vous pas vous marier prochainement ?

Il s'était étonné de la hardiesse brusque de sa question. Avant de lui répondre, il avait allumé une autre cigarette et la flamme éclaira son visage ; elle semblait émue, détaillait le sien proche, étudiant peut-être les nouvelles rides autour de ses yeux, la marque de ses épreuves.

- J'y songe, en effet, j'y songe, avait-il répondu d'un air évasif.

Il allait lui en dire plus quand, de nouveau, Stane arrivait la réclamant avec véhémence. Elle avait eu un réflexe d'irritation, puis, se dominant, revenait sur ses pas le précédant dans la bibliothèque.

Ali s'était empressé de seller pour lui Kahina. Tous deux l'attendaient dans la matinée brumeuse. Le jeune harki était bien content de le revoir ; il demandait beaucoup de détails sur ce qui se passait dans son pays natal. Grâce à Madame de Cheaulnes raconta-t-il, il avait la possibilité de faire venir en France son cousin Mustapha, grandement blessé aussi. Il arriverait avec sa sœur, Aïssa, qui s'occuperait au château. Quand pourrait-il revenir sans danger en Kabylie ? Il était difficile de lui répondre.

Il l'aida à monter en selle. Kahina, point trop haute, se prêtait fort bien à cet exercice. Il avait perdu un peu de souplesse. Une fois les pieds aux étriers, une joie intense s'emparait de lui ; il n'avait pas cru la chose possible, il avait voulu se le prouver. Il partit au petit trot, enchanté, il ne la guidait pas, elle allait où elle voulait, faisait son parcours habituel, longeait bois et prairies ;

ses sabots rapides foulaient la terre molle, les feuilles tombées. Heureux, ne pensant à rien, il s'abandonnait au seul plaisir de sa promenade. Il eut tout le loisir d'apprécier l'étendue du parc, la propriété, entretenue, lui parut prospère.

Par son acharnement, la maîtresse des lieux ressemblait à une héroïne de romans célèbres défendant contre vents et marées son domaine. Sa vie sentimentale l'intriguait fort, cette pionnière en avait sûrement une, il ne pouvait en être autrement lorsqu'on voyait avec quel feu elle appréhendait tout. Il buta cependant sur la personne de Stane, il n'habitait plus là, tentait-elle de le ramener dans sa sphère ? Cela ne paraissait pas évident. Il pensa que le veuvage lui seyait, il la voyait mal aux côtés de cet homme envahissant.

Le déjeuner fut des plus gais. Assis près de la charmante Heather, il s'était beaucoup épanché en confidences. Heather, en retour, lui avait chuchoté qu'elle s'inquiétait sur le sort de son amie ; Inès, disait-elle, devrait se remarier, la solitude, même très occupée, est tout de même la solitude, surtout ici où, malgré tout, l'isolement se fait sentir, surtout lorsque vient le soir, quand nul n'est là pour écouter son âme. Peut-être qu'Heather connaissait la passion secrète d'Inès, il tentait habilement d'en savoir plus sur elle, tandis que, sans s'en douter, la jeune irlandaise essayait d'apprendre sur lui des certitudes, consciente que l'officier l'intéressait beaucoup. Il n'y avait qu'à voir la manière dont elle jetait, à travers la table, de petits coups d'œil sur lui.

Au salon, pendant que l'on servait le café, il avait fini par informer Heather qu'il se marierait probablement vers Noël. Puis il avait vite regretté cette confidence qui le mettait ici en porte à faux. Il avait envie de rester comme ce Stane, un célibataire mystérieux. Inès, plusieurs fois, l'avait regardé. Son front bombé, intelligent, au-dessus de la fine ligne de ses sourcils, paraissait soucieux, pourtant sa réception se déroulait au mieux, chacun s'amusait beaucoup, parlait avec animation. Il pensa qu'une telle femme ne pouvait laisser indifférent, elle avait réuni sa cour et voulait, au fond, ses hommages, puis il se jugea injuste, elle ne réclamait qu'un peu d'amitié.

Avant la venue du soir, il fit encore une longue promenade sur Kahina, délaissant la compagnie de plus en plus nombreuse puisque la chasse devait avoir lieu le lendemain. D'ailleurs, dès le dîner fini, beaucoup demandèrent à se retirer tôt pour un repos nécessaire. Il en fit autant, le château commençait à bourdonner comme une ruche, il préférait le silence de sa chambre. Il prit sur sa table de chevet le beau livre tant vanté avec un peu de cognac que contenait le carafon. Il y savourait toutes les odeurs de la vieille demeure. Sa joie était totale, encore une fois, il ne pensait plus à rien, se vouait au présent sans retenue, ne se demandait pas le moindrement comment, lorsqu'il reviendrait à Paris, il raconterait cela à Aline.

Il s'éveilla au son de la cloche qui devait alerter tout le monde assez tôt. Il faisait nuit encore et du chenil, venaient des aboiements plaintifs, impatients. La meute comprenait une trentaine de Bleus de Gascogne que Monsieur Bricourt gérait grâce à un maître-chien que l'on nommait « La Verdure » pour ne pas faillir à la tradition.

Le château reposait encore, il en goûtait la paix avant le branle-bas des équipages. L'aube paresseuse, diffuse dans le ciel nimbé, apparaissait à peine que de nombreuses voitures arrivaient. Tandis que tout ce monde s'interpellait joyeusement, il endossait sa tenue de « bouton » que lui avait préparée Inès, du moins la veste en beau vert foncé à parements bleus, qui avait appartenu à son mari. Sur la culotte blanche, elle faisait le meilleur effet. Lorsqu'il se vit coiffé, la dague en bandoulière, il se jugea au mieux.

Le vestibule, temple de vénerie, bruissait d'animation. Certains portaient la veste rouge à .l'anglaise, d'autres noires. Les femmes avaient toutes le charmant chapeau qui faisait merveille sur la rousse irlandaise. Sur la terrasse où se dressait l'autel, deux enfants de chœur se mêlaient aux piqueux, les valets de limiers et les gardes-biches aidaient à mettre tout en place. Les trompes de chasse devaient faire l'accompagnement musical pendant la cérémonie. Il reconnut le vieux curé dont la messe de Toussaint, dans la belle église de Saint-Côme, lui avait bien plu. Inès avait été seule, au matin, prié pour la réussite de sa fête, elle avait demandé la protection de Saint Hubert, tout spécialement.

Entre de somptueux chrysanthèmes, les mêmes que ceux qu'il avait vus entre les bras d'Inès pour qu'ils soient posés sur la tombe de son mari, la veille, le tabernacle disparaissait presque.

Après une solide collation, tout le monde se réunit autour, formant un cercle. Les premiers accords retentirent donnant l'alerte au fond des taillis. Inès, en veste noire et culotte blanche, l'avait à peine salué, le fuyant plutôt. Il la vit si recueillie pendant l'office comme ramassée sur elle-même, qu'il se demanda si elle n'était pas un peu souffrante.

La bénédiction de l'équipage fut très émouvante.

Le curé avait fait une courte homélie rappelant le beau miracle du saint, le cerf portant sa croix lumineuse, la vie d'Hubert transformée. Il voulut montrer que Dieu emprunte parfois les fourrés pour venir à la rencontre des hommes. Un soleil timide creva les nuées comme une approbation à ses paroles.

Dans un brouhaha de hennissements, d'aboiements, on vit La Verdure s'approcher d'Inès qui se pencha sur le cou de Boyard pour entendre le rapport du valet de limier :

- J'ai la connaissance d'un animal, dit-il à voix forte pour que chacun saisisse bien ses mots, je le vois par corps, il me paraît bon cerf, grand dix cors jeunement, il a du balancement, de l'os, de la jambe et quartier. Après ma quête, je ne le trouve pas sortant, aussi je le crois toujours remis dans l'enceinte fourrée où j'ai fait ma brisée.

- Merci, La Verdure, nous attaquerons votre cerf de meute à mort.

Chacun s'enchanta des termes de ce dialogue qui n'avaient pas changé depuis Louis XV. La Verdure avec ses piqueux, dans la brume du matin, s'étaient mis à la recherche des traces d'un animal en faisant « le pied ». La Verdure connaissait par cœur sa bible des veneurs codifiée par Saint Louis. Il savait « créancer » les chiens courants en suivant le cérémonial. Ceux-ci pleurnichaient d'impatience.

Une bonne trentaine de cavaliers les suivirent bientôt par l'allée, sous la voûte dorée des hêtres. Henri préféra fermer le ban et trottait à l'arrière, peu pressé de prendre le galop. A l'orée de la forêt, les chênes lents à roussir, accrochaient le brouillard et la futaie résonnait déjà d'aboiements qui faisaient fuir les gros oiseaux de nuit. Comme la nature était belle ! Il en frémissait de félicité tandis que Kahina, sentant qu'il ne désirait pas emboîter l'allure des autres, adoptait une cadence tranquille et régulière.

Il se sentait bien loin du temps de Sour-el-Rih ! Les échos de la chasse s'éloignaient de lui et il suivait un chemin herbu, bordé de taillis. Bientôt, il se sut très distancé par cavaliers et chiens qui avaient sans doute relevé les traces du cerf. Quittant les ornières il entra dans le bois, Kahina semblait connaître cet endroit de clairière, elle y était venue avec Boyard ; des touffes de bruyère fleuries encore se voyaient ça et là sous les bouleaux dont la gracile beauté tremblait au vent. Depuis cette hauteur se voyaient au loin de gracieux vallonnements, Henri se croyait seul mais bientôt trois cavaliers remontaient vers lui au galop.

- Nous nous sommes trop écartés dit un jeune homme sympathique qu'encadraient deux jeunes filles, je crois qu'il faut revenir sur nos pas pour descendre beaucoup plus loin.

- Oui, enchaîna l'une des cavalières, retrouvons la Croix Saint Dié.

Elle fit volte-face sur son pommelé gris et il les aurait bien suivis mais il aimait cet endroit sauvage, ouvert sur le ciel, où le brouillard, troué de soleil vers midi, s'irisait de lumière. Comme il ressentait un peu de douleur dans le dos, il préféra mettre pied à terre et marcher à côté de Kahina. Il fredonnait tout content sans se soucier des heures qui passaient, dans cette forêt silencieuse, recueillie à l'approche de l'hiver. Finalement, il profita d'une souche pour se hisser et se remettre en selle, la chasse se poursuivrait sans lui, il en percevait des échos assourdis et n'éprouvait ni faim ni soif. Il se disait qu'à l'hôpital, un jour, il avait rêvé cette équipée, il n'aurait guère pensé que ce rêve-là se réaliserait.

Il trottait sans hâte dans la clairière quand tout à coup les aboiements se firent plus proches. Kahina redressa la tête, pointa les oreilles ; la meute, à n'en pas douter, se dirigeait vers eux, couvrant la forêt d'une nappe sonore. Il était parvenu en bordure d'épais fourrés qui barraient, là, tout près, quand sa jument se bloqua si net qu'il faillit tomber. La haie, devant elle, venait de s'ouvrir et une forme fauve en sortit qui se tint immobile dans une posture altière. Si la ramure du grand cerf ne portait pas de croix, il n'en était pas moins émouvant ; trempé de sueur, ses yeux dilatés fixaient Henri et il respirait bruyamment. Telle vision impressionnait, l'animal semblait hésiter sur la direction à prendre et demeura une bonne minute comme pétrifié. Puis, dans une admirable détente, il franchit en trois bonds la clairière, suivit une sente indécise qui le mènerait jusqu'aux étangs, l'eau serait sa dernière chance.

Alors Kahina, comme subjuguée, lui emboîta le pas au triple galop. Elle entendait derrière elle le peloton des chiens et des chevaux qui la talonnaient et dans son emballement ne connaissait plus rien que cette course folle. Par de multiples sauts en ligne brisée, le cerf tentait de détourner les chiens dont les jappements excitaient les chevaux, et Henri était bien le seul encore à suivre sur Kahina la proie aux abois d'aussi près.

Mais la déclivité du terrain, jusqu'à l'étang, se voulait de plus en plus forte ; Kahina, emportée par son élan, ne vit pas le danger d'un terrain abrupt où des troncs gisaient brisés, à moitié pourris, cachant une pente soudain raide. Elle en sauta plusieurs mais le dernier surplombait un vide où pendait un branchage fraîchement abattu. Ses sabots glissèrent sur la terre molle et elle perdit l'équilibre le projetant par-dessus sa tête. Il vint échouer sur les branches qui le reçurent comme un tremplin tandis que sa jument, basculant de tout son corps, roulait plusieurs fois sur elle-même avant de s'arrêter enfin mais inerte.

Etourdi, il eut à peine conscience des chiens qui sautaient autour de lui tandis qu'il se balançait au-dessus de la pente. En une seconde, il réalisa sa chance ; la chute aurait pu lui être fatale mais quand il vit en contrebas Kahina qui gisait comme un pantin disloqué, une sueur froide l'inonda tout entier. Elle tentait bien de se relever mais ne le pouvait pas. Il gagna le sol avec prudence, il n'était que meurtri et pouvait s'arc-bouter pour descendre jusqu'à elle, les échos proches de la chasse ne l'intéressaient guère, plein d'effroi et de douleur, il ne regardait qu'elle.

- Kahina ! Kahina ! Lève-toi ! Viens ! lui criait-il d'une voix étranglée, mais elle était bien incapable de lui obéir et roulait des yeux pleins d'angoisse et de souffrance.

Une telle vision le cloua, hébété.

Les deux antérieurs brisés, il semblait que ses reins le fussent aussi. L'étendue d'un tel désastre l'épouvanta. Dans l'hallali qui avait lieu, nul ne l'entendrait. Une fois obtenue la reddition du cerf, la meute s'éloignerait dans l'attente de la curée et tout le monde la suivrait. Qui chercher ? Totalement désarmé, il ne pouvait que se pencher sur elle, tenter de l'apaiser, de la réconforter mais de sa bouche coulait déjà une bave maculée de sang, alors il mit ses mains en porte-voix pour que son écho se fasse entendre le plus loin possible. Il recommença plusieurs fois, pendant un temps qui lui parut sans fin. Le jour, déjà, déclinait sur les eaux dormantes qui s'étaient refermées sur la tragédie, indifférentes à la sienne. Il lui sembla percevoir un galop pressé, sur l'autre rive, en effet, il distingua Heather sur son étalon, elle se hâtait sur la sente en bordure pour venir jusqu'à lui :

- Que vous est-il arrivé ? demandait-elle anxieusement.

Pour toute réponse, il baissa la tête, elle voyait bien sa pâleur, la terre qui maculait sa veste, elle le crut blessé.

- Suivez-moi, lui dit-il d'une voix sourde, non, je n'ai rien.

Elle sauta prestement pour le suivre sous le couvert des sapins dont les branches basses avaient amorti sa chute et devant ce qu'elle voyait, leva vers lui un long regard douloureux.

- Je vais immédiatement prévenir, finit-elle par articuler.

- Non ! s'exclama-t-il d'une voix rauque, pas tout de suite encore ... je veux dire, un peu plus tard, ... il ne faut pas troubler cette soirée ... demandez discrètement du secours ... j'attends ici.

Il l'entendit s'éloigner sur la sente et bientôt se retrouva seul avec Kahina. Sa petite jument était plus atteinte qu'elle ne le fut jamais dans tous les combats meurtriers au cœur des monts d'Aurès. Accroupi près d'elle ; il la caressait doucement, tentant ainsi de soulager ses douleurs et elle essayait encore de faire des efforts pour ne redresser que bien peu la tête.

Et il ne put retenir ses larmes. Elles tombaient goutte à goutte sur elle, sur ses naseaux brûlants, avec la pluie qui commençait à tomber comme si les arbres, silencieux, immobiles, pleuraient avec lui. Son chagrin profond nul ne pouvait le voir. Enfin, après une éternité, des corneilles l'avertirent qu'on venait ; des voix en effet se firent distinctes, Heather précédait un garde-chasse dont la poitrine était barrée d'un gros fusil. L'homme considéra le spectacle en soupirant, vit combien l'animal souffrait et se vidait de son sang par la bouche ; il fit une moue lourde de signification, il entendait bien que la pauvre bête respirait court ; il y avait un mal intérieur qui s'étendait. De ses doigts rudes, il ôtait avec respect, par gestes précis, les brindilles sèches prises dans la crinière.

- Alors, monsieur, que dois-je faire ?

Puisque son silence était un ordre muet, l'homme glissa son arme par-dessus sa tête et attendit qu'Heather se détourna.

Il y eut un claquement sec qui déchira le ciel.

Le crépuscule, dans la quiétude des bois, se referma autour de lui. Il avait prié la jeune femme de retourner au château et de le laisser seul, il n'avait aucun mal et pouvait marcher. Elle s'inquiétait, la nuit venait, connaîtrait-il sa route ?

Alors une fois seul, il s'agenouilla. Devant la forme blanche de sa princesse du désert qui reposait là, maintenant, dans son mystère, il pleura. Puis, longuement, il la contempla ; il semblait émaner d'elle une plénitude tranquille ; délivré de ses souffrances, son grand corps inerte s'abandonnait ; son bon ange l'avait quittée ... Abattu, abîmé dans son chagrin, il ne prêtait nulle attention à l'obscurité qui se faisait dense tandis que la pluie achevait de mouiller son visage.

Le drame s'était déroulé si vite ! Il ne comprenait

pas encore comment cela avait pu se produire. Et maintenant, il fallait partir, la laisser là dans le silence de la fôret.

Il se releva lentement, et recula sans lui tourner le dos, comme devant la couche funèbre d'une reine, douloureux de partout, puis d'un seul mouvement, fit face à l'hostilité des bois. Il dut errer longtemps essayant de se remémorer le chemin suivi avec Inès, lorsqu'ils étaient venus ensemble à l'étang. Enfin, après une marche harassante, il sut qu'il était sur la bonne voie en distinguant dans la pénombre la Croix Saint-Dié. Grâce à la flamme tremblotante de son briquet, il put lire sur un écriteau la direction du village. La pluie, fine d'abord, se mit à ruisseler le long des troncs figés, sur les feuilles tombées. Elle le glaçait. Sa jambe commençait aussi à le faire souffrir et une branche s'offrit à lui servir de bâton. Dans ce royaume obscur, impressionnant, plus hostile et sauvage que les hauts Djebels, la notion du temps se diluait et il marcha pendant des heures. Monotonie d'éternité du condamné à l'errance, il pensa beaucoup cependant qu'il avançait quasi mécaniquement sur la terre détrempée. Parfois il soupirait à certaines réflexions, certains souvenirs. A mesure que beaucoup de ses pensées s'épuraient, se clarifiaient une certaine joie remplissait son âme et une impatience nouvelle lui fit accélérer le pas.

Enfin, de récentes coupes dans les futaies l'avertirent grâce aux troncs alignés le long des fossés, que le chemin s'élargissait et les bois cédèrent en effet devant un espace où se frayait le bitume d'une route. Sa nudité luisante apparut tout à coup sous le faisceau des phares d'une voiture qui l'éblouissait et passait en trombe, engloutie par la nuit et le silence chuintant. Mais il avait eu le temps de voir derrière elle que la forêt finissait là et que les prairies la remplaçaient.

Ce fut encore une distance qui lui parut sans fin. De côtes en côtes, de tournants en tournants, il allait comme un pèlerin dans les flaques et les fondrières, éclaboussé lorsque des véhicules le dépassaient sans l'avoir vu. Au sommet du coteau, le château lui apparut, lumineux. Le Palais enchanté brillait de cent lumières.

- Princesse ..., murmura-t-il.

Dans la grande allée cavalière, il s'engouffra. Mais il ne voulait à aucun prix être reconnu des voitures qui s'en allaient, il se cachait derrière les arbres et gagna comme un voleur la petite porte des offices près des anciennes douves.

Des échos de musique et des exclamations joyeuses venaient jusqu'à lui, sur le perron on se saluait, se congratulait, se promettait de se revoir très bientôt. Quelle heure pouvait-il être ? Sa montre s'était bloquée.

Une fois dans le couloir des cuisines, il entendit l'horloge qui sonnait peut-être onze heures ou minuit. Très vite, pour ne pas être surpris, il déboucha sur l'escalier et le monta jusqu'à sa chambre hors d'haleine. Trempé, transi, il priait Dieu que personne ne l'ait entendu ni vu. Il avait bien perçu quelques voix dans les salons puis dans le vestibule, il fallait attendre.

Sa tenue cavalière, gorgée d'eau, tomba à terre, la douche le réchauffait, le faisait revivre, il passa fine chemise et smoking, se peigna soigneusement, vit son visage gris de fatigue, il n'avait, depuis le matin, rien avalé ; mais au fond de ses prunelles une étincelle brillait et il se sourit dans le miroir.

Comme il montait toujours du hall des bribes de

conversations, il attendit encore ; enfin, il lui sembla que le Palais de la Princesse était vide et il descendit prudemment l'escalier. Au fond du vestibule, sur la table dressée, s'étalait la dépouille du cerf dont il avait croisé l'orgueilleux regard ; oui, il lui avait indiqué le chemin de sa vie ... Non, vraiment, la chasse n'avait pas fait « buisson creux » ... Il n'eut que le temps de se dissimuler derrière un battant de porte que M. de Saint-Giers, qui n'en finissait pas de vouloir s'en aller, gagnait tout de même, celle de la sortie. La voix d'Inès, lasse et polie, lui répondait de moins en moins. Elle faisait effort pour l'accompagner, on la devinait à bout de force. Derrière Stane elle referma en soupirant, regagna en traînant les pieds son grand salon encore illuminé, elle y était sûrement seule car il pouvait parfaitement distinguer ses sanglots.

Sortant alors de sa cachette, il s'avança sans bruit, la découvrit ramassée dans une bergère où elle s'était blottie, les cheveux défaits, comme une malheureuse petite fille, la robe de faille, d'un beau rouge, échancrée dans le dos, laissait voir la peau ambrée, l'attache du collier, et il la contempla ainsi quelques instants. Dans son touchant désespoir, elle suppliait Dieu.

Alors il posa doucement sa main sur sa tête ce qui provoqua un tel sursaut de son corps qu'elle manqua tomber et il s'empressa de la soutenir en se penchant sur elle, grave et souriant :

- Inès, c'est moi, je suis là, près de vous.

Elle le voyait comme une apparition, si étonnée que ses yeux noirs pleins de larmes le fixaient, incrédules. Il dut pour l'attirer vers lui, l'enlacer, la soulever.

- Je vous en prie, n'ayez pas peur, essuyez ces pleurs, écoutez-moi, regardez-moi.

Elle dut lever vers lui son visage qu'il considéra longuement, intensément, puis, brisée, elle s'abandonnait, laissait rouler sa tête sur la poitrine qui la soutenait.

- Kahina est morte, c'est vrai, Inès ... Il le fallait peut-être ... pour que je sois délivré de mon aveuglement ...

Il se tut, conscient de ce qu'elle se faisait plus attentive à ses paroles et se décidait à murmurer à son oreille :

- ... Un soir, une nuit plutôt, ne vous l'ai-je pas déjà raconté ? Non ! Certainement, je ne vous ai pas tout dit du désarroi qui s'était emparé de moi après une révolte impuissante ... Je détestais subitement ma vie. Dans ces montagnes arides, je me suis senti dépouillé, au plus profond de moi-même. Alors Kahina, comme du ciel, descendit vers moi, elle s'est approchée du fond de la gorge, sous un rayon de lune ... On eut dit un cheval mythique, le coursier blanc de l'Apocalypse, elle hochait la tête pour me parler ... En vérité, je ne le savais pas encore, elle me délivrait bien un message, elle m'indiquait la route que je devais suivre, celle qui devait me conduire jusqu'à vous ...

Pendant quelques instants, il garda le silence, puis, avant d'embrasser une à une les paupières aux longs cils humides, il ajouta d'une voix infiniment douce :

- A présent, mon amour, sa mission est accomplie.

Table des matières

Préface		3
Première partie		9
Chapitre 1	En pays Nementcha	11
Chapitre 2	La rencontre	22
Chapitre 3	Opération « Princesse »	37
Chapitre 4	Le Départ	49
Deuxième partie		61
Chapitre 5	Boyard	63
Chapitre 6	Le Grand Prix	81
Chapitre 7	El Hadj	106
Chapitre 8	Inès	124
Chapitre 9	Le défilé	140
Chapitre 10	La Saint Hubert	157
Table des Matières		175

Dépôt légal
septembre 1996

Ce livre a été imprimé en Union européenne
pour le compte des Editions Godefroy de Bouillon